纸上游天下·中国当代游记精选
主编:高长梅 张 佶

CHENG ZHE CHUAN SHUO DE
CHI BANG CHANG YOU

乘着传说的翅膀畅游

肖智群 著

九州出版社
JIUZHOUPRESS | 全国百佳图书出版单位

图书在版编目（CIP）数据

乘着传说的翅膀畅游 / 肖智群著. -- 北京：九州出版社，2013.9（2021.7 重印）

（纸上游天下：中国当代游记精选 / 高长梅, 张佶主编）

ISBN 978-7-5108-2351-0

Ⅰ.①乘⋯ Ⅱ.①肖⋯ Ⅲ.①游记 – 作品集 – 中国 – 当代 Ⅳ.①I267.4

中国版本图书馆CIP数据核字（2013）第227707号

乘着传说的翅膀畅游

作　　者	肖智群　著	
出版发行	九州出版社	
地　　址	北京市西城区阜外大街甲35号（100037）	
发行电话	（010）68992190/3/5/6	
网　　址	www.jiuzhoupress.com	
电子信箱	jiuzhou@jiuzhoupress.com	
印　　刷	北京一鑫印务有限责任公司	
开　　本	710毫米×1000毫米　16开	
印　　张	8.5	
字　　数	115千字	
版　　次	2014年1月第1版	
印　　次	2021年7月第7次印刷	
书　　号	ISBN 978-7-5108-2351-0	
定　　价	36.00元	

前言

　　仁者乐山，智者乐水。所以古今中外，无论贤人圣哲，还是白丁草民，他们在观山赏水的时候，无不从山水之中或感悟人世人生，或慨叹世事世情，或评点宇宙洪荒，于寄情山水中，抒发自己的惬意或伤感。有的徜徉于山水美景，陶醉痴迷，完全融入大自然忘记了自己；有的驻足于山川佳胜，由物及人，感叹人世间的美好或艰难。

　　一篇好的游记，不仅仅是作者对他所观的大自然的描述，那一座山，那一条河，那一棵树，那一轮月，那一潭水，那静如处子的昆虫或疾飞的小鸟，那闪电，那雷鸣，那狂风，那细雨等，无不打上作者情感或人生的烙印。或以物喜，或以物悲，见物思人，由景及人，他们都向我们传递了他们自己的思想情感。

　　一篇好的游记，它就是一帧精巧别致的山水小品，就是一幅流光溢彩的山水国画，就是一部气势恢宏的山水电影。作者笔下关于山水的一道道光,一块块色,一种种造型,一种种声音,无论美轮美奂,还是质朴稚拙,无论清新美妙,还是苍凉雄健,都让我们与作品产生强烈的共鸣,让我们在阅读中与自然亲密接触,于倾听自然中激起我们的思想波涛,与作者笔下的自然也融为一体。

这是一套重点为中小学生编选的游记,似乎也是我国第一套为中小学生编选的较大规模的游记丛书。我们希望这套游记能弥补中小学生较少有时间和机会亲近大自然的缺憾,通过阅读这套游记,满足自己畅游中国和世界人文或自然美景的愿望。

目录 CONTENTS

浮在湄南河上的画卷 第一辑

第二辑 凝固的丽江古乐

目录 CONTENTS

目录
CONTENTS

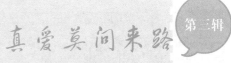

真爱莫问来路　第三辑

目录 CONTENTS

浮在渭南河上的画卷

涅槃在桂河之上

动身去泰国之前,我特意找来英国电影《桂河大桥》,静静地反复观看。影片根据曾参与修建泰缅铁路的法国幸存战俘皮埃尔·布勒创作的报告文学《血溅桂河桥》改编而成,并以高超的艺术水平一举摘取了第三十届奥斯卡奖七项大奖。影片讲述的是第二次世界大战期间,一批盟军官兵成为日军俘虏,被强迫修建桂河大桥时所发生的一系列情节曲折、启人哲思的故事。

二战中,在接连侵略了菲律宾、印尼、新加坡、泰国、缅甸以后,出于加强对东南亚的军事控制、阻挡英军对缅甸的反攻等战略需要,日本侵略军企图打通泰国曼谷至缅甸仰光的交通运输线。自一九四二年九月开始,他们先后驱使六万余名英国、荷兰、澳大利亚、加拿大等国盟军战俘和二十万名中国及东南亚劳工修建泰缅铁路。十六个月时间里,约有一万六千名战俘、十万名劳工因不堪承受日军的残酷奴役和恶劣的自然环境而丧生。这段铁路的每一根枕木下,都有一个冤魂在呐喊、在哭诉,在诅咒战争,在祈祷和平。因此,这条铁路便有了"死亡铁路"之称。由于桂河大桥是"死亡铁路"的咽喉,二战末期,它成了盟军重点攻击的一个战略目标。盟军曾与日军展开过一场异常激烈的桂河大桥争夺战,成千上万的官兵战死大桥两端,血染浩荡桂河。于是,有人又把桂河大桥称作"死亡之桥"。

文艺的力量的确不可小视。借助于英国影片，桂河大桥冲破沉寂，桂河边默默无闻的边陲小镇，也因此成为东南亚响当当的旅游观光胜地。

　　北碧，泰国西部掩映在热带雨林中的一座美丽小城，它以和暖的阳光欢迎游客的到来。在当地最大的一座盟军烈士墓地里，长眠着近七千名英勇捐躯的盟军官兵。一座十字架和一座白色牌坊高高耸立。墓冢是典型的欧美风格，方形的大理石碑面朝天微仰，上面镌刻着牺牲者的名字与年龄。整个墓地芳草萋萋，修葺整齐，灌木翠绿，散发出盎然生机，全然没有令人心悸的死亡气息，仿佛将士们在大战后正列队休整。

　　现实中的桂河大桥是一座单轨铁路桥梁，泛白的枕木卧于发亮的铁轨之下，平凡普通。桥头留存着两颗未曾爆炸的炸弹，它们在风中矗立，格外醒目；东侧立有一堵硕大的二战纪念墙碑，分别用英文、泰文为之注解；桥面上灰蓝色的弧形铁栏杆如今已锈迹斑斑，与那炸弹、铜碑格调吻合，浑然一体。

　　导游告诉我们，桂河大桥已在战争结束前夕被盟军炸毁，现在的桂河大桥是泰国政府在原址重修的纪念性建筑。每年年底，泰国政府都要组织开展"桂河大桥周"系列纪念活动。许多盟军后裔和华侨华人纷纷从世界各地赶来凭吊英烈，缅怀先人，重温那段动人心魄的历史。

　　来到桂河大桥中央，放眼四望，这时的河面上波光粼粼，小舟缓流，一派安适和谐景象。过了大桥，就置身缅甸的地界，但这里没有设立关卡。据说，泰缅两国政府为了更好地让世界各国游客游览桂河大桥，特意将边防哨所从大桥处向各自国境内退回了一公里。下了引桥，一个人头攒动的集市映入眼帘，摊铺井然有序排成了长龙，忙碌交易的人们脸上洋溢着友善与喜悦。我沿着河畔小路转了一大圈，没有发现一丝想象中的战争遗痕。低头寻觅之间，忽见郁郁葱葱的灌木丛里开满了朵朵小花，那花儿正朝着我灿烂地笑呢。是的，那场战争正离我们越来越远，但越是和平，越让人们对和平的代价难以忘怀。

玉佛寺里看玉佛

　　泰国是个全民信佛的国度,佛教寺庙遍布全国城乡。在数以万计的寺庙中,最受泰国人民景仰的当属玉佛寺。

　　玉佛寺其实并不大,位于曼谷大皇宫内,是专供国王举行宗教仪式的佛寺。大皇宫是曼谷王朝拉玛一世于一七八二年登基后动工修建的,玉佛寺属于其北边的一部分。

　　已是初冬,可曼谷仍是骄阳高照。在华裔导游的带领下,我们七拐八转穿过彩绘装点的走廊,来到了玉佛寺前。按照寺院规矩,我们脱下鞋子,光着脚丫轻轻走向寺院的大雄宝殿。该殿与中国寺院的大雄宝殿风格迥异。外层殿壁饰满了彩色玻璃片,近观虽然工艺粗糙了点,但远观倒也别具一番风味,热带阳光下就像彩色的鳞片竞相闪耀,斑斓夺目。殿顶有三层木制重檐,上有龙首、龙鳞、凤尾等构件装饰,古色古香,显得格外庄严。来到殿堂正中,只见金光丛中一点绿,一尊身披锦衣的碧绿佛像端坐在金灿灿的高座上,气度娴雅,慈善可亲。那浓重醒目的绿色与高座四周的彩饰、座前缭绕不散的缕缕香烟和顶礼膜拜男女的黑白黄肤色融合在一起,更映衬出佛像的圣洁神秘和法力无边。导游介绍说,这就是泰国人民最崇敬的玉佛,据考证有两千多年的历史,玉佛寺也因之得名。玉佛由整块翡翠雕琢而成,膝部宽四十八厘米、高六十六厘米,古代泰国人就拥有了当代中国人的吉利数字观,这若不是造物主的恩赐,便是人类祈福向善本性的写照。

玉佛是一四三四年间在泰国清莱府的一座佛塔中发现的。当时玉佛全身涂了一层石灰，人们以为是一尊泥塑佛像，后来，佛像鼻尖上的石灰剥落，这才发现是一尊世所罕见的玉佛。此后玉佛因战乱几经迁徙，在老挝境内就供奉了二百二十六年之久。一七七八年泰军北伐，征服万象，才又将玉佛迎至泰国寺庙供奉。曼谷王朝拉玛一世在曼谷建立新都后，玉佛于一七八四年被请至玉佛寺供奉至今。想不到一尊美妙绝伦的玉佛竟饱含着如此悲壮的历史，它跨越了种族、国界，穿过了成百上千年的时空，凝结了成千上万人的鲜血，不能不令人沉思慨叹。

寺院依照泰国一年中雨季、旱季、凉季的时令变化，要精择良辰吉日为玉佛及时更换不同样式的锦衣，以祈求其保佑众生在不同的季节里有不同的收获。伫立凝望着静默的玉佛，呼吸着烟火的清香，领悟着佛旨的真谛，人们一个个表情严肃，无不沉浸在佛国的深邃与浩渺之中。导游告诉我们，更换锦衣的仪式要由国王亲自主持。可惜我未能目睹那大典的盛况，但我依稀能想象出，身披袈裟的泰国国王在众人的簇拥下缓步走上佛台，小心翼翼地为玉佛更换好光芒四射的锦衣，那神情是多么的专注、多么的虔诚！

玉佛寺里看玉佛，既看到了满眼佛教的善朴，也感受到了战争带给人类的灾难。

浮在湄南河上的画卷

逗留在泰国曼谷的那个夜晚，我们登上了一艘华丽的观光船，与来自世界各国的游客一道领略湄南河的夜色。

游船上，灯红酒绿，乐声飞扬，各种表演节目花样迭出，精彩纷呈。就在大家翘首观赏异域风情演出、品尝异域风味美食时，我的心却飞出了喧闹的船舱，飞向了湄南河的夜空，飞向了湄南河的两岸。

凭窗细观暮色里的湄南河，娴雅斯文，远处波光微微，近处水流轻轻；而两岸灯火通明，七彩生辉，如同白昼。失去了白天"东方威尼斯"的城市本色，彩灯绘就的景致倒给夜色中的曼谷披上了一层神秘、多彩的面纱。看上去，此城此河如梦幻似仙境，让我一时分不清天上人间了。

曼谷的名胜古迹和特色楼宇大多分布在湄南河两岸。游船缓缓朝前驶去，沿岸各式各色的建筑物所组成的瑰丽夜景尽收眼底。你看，那浮在水面上的都市恰似一幅巨大的明暗错杂的油画，而我们就像在灯光下慢慢打开了那长长的泰国人文历史画卷。众多楼宇中最为抢眼的要数曼谷典型建筑——"三顶尖"式的屋宇。"三顶尖"星罗棋布，琳琅满目，让我们不能不赞叹泰国人民的勤劳智慧。而其中最富魅力的则当属寺庙殿堂。曼谷号称"佛庙之都"，市内建有精致美观的大小佛寺四百分多座。透过夜幕，那洁白、湛蓝、深红的庙宇依稀可辨，就像泰国人民把一颗颗善良美丽的心展现在我们面前。

两岸无数街巷摩肩接踵向我走来,转眼又纷纷离我而去,恍惚中,我想起了"唐人街",想起了"演说街"。三聘街是曼谷华人聚集区,被人们称为"唐人街",经过两百多年的风雨洗礼,它已经发展成为泰国最繁华的集市之一。一九〇五年、一九〇八年,中国革命伟大的先行者孙中山先生两次来到曼谷宣传革命、筹措经费,人们就把他进行演说的那条街命名为"演说街"。遗憾的是,此时我不能上岸去瞻仰它们洋溢着中华气息的时代画卷。

河道渐渐变窄了,岸边出现了水乡特有的高脚屋,我知道名闻遐迩的曼谷"水上市场"到了。茫茫夜色里不见载货交易的船只,唯见那鳞次栉比的高脚屋。夜悠然,水悠然,屋悠然。千万间高脚屋千万种样式,有的白墙绿瓦,煞是迷人;有的深色老棚,古朴雅致……但不管是什么样式的高脚屋,门前一律立有一架小小的梯子,建有一个小小的码头,拴有一条小小的船儿。那兀自静躺的小船,让我想起了千千万万的劳动者。是啊,劳累了一天,也该歇歇啦!

神猴岛观猴

那是一个阳光灿烂的上午,我们在泰国旅游名城芭堤雅的一个小港口登上了一艘快艇,前往被导游无数次夸耀得神乎其神的神猴岛游览观光。出发前,在导游的发动下,大家在港口路边摊贩那儿,分别购买了大提小提的糖果、水果等食物。

快艇箭一样朝大海深处驶去,海风在我们耳边呼啸而过。约莫过了半个小时,终于瞧得见一个黛色的影子了,早已按捺不住的游人一个个伸长了脖子,将目光一齐投向了前方漂浮在海平面上的神猴岛。离岛越来越近了,远远地只见成千上万的猴子,黑点似的呼啦啦从山坡上、海岸的另一端飞速奔往我们即将靠近的海边。

快艇在离岸不到十米远处停下了。在导游的热情招呼下,大家将准备好的香蕉等水果纷纷丢进海中,将糖果等食物纷纷丢往岛上。于是,导游口中所描绘的神猴争食的传奇故事,眨眼间就变成了活生生的现实。岸上的猴子们无不你跳我跃,你争我夺,场面煞是热闹激烈;让人忍俊不禁的是,有抢到食物的猴子刚想张嘴饱餐,稍不留神食物又给其他猴儿夺走了,便只好呆立着干瞪眼。下了水的猴子们则在海底、水上展开了一场比速度、比泳技、比体力的争抢水果大赛,有在海底抢到了水果的猴子刚一浮出头来,就另有猴子前来将其用力按住,随即上演一出水上"猴口夺粮"的好戏。对于猴子们在陆地、树上抢夺食物,我在国内的公园和旅游胜地已观看过多次,但其上演地点改在了海上,这还是第一次见到。神猴那优美娴熟的泳姿,是它们带给我的最初的也是唯一轻松美好的印象。我觉得,它们的泳姿特别是潜水时的一招一式,一点也不比我在现实生活中见的游泳高手逊色。

这时听得导游介绍说,神猴岛亘古至今从未进行过人工开发,所有动物、植物完全是自生自灭的。哦,小小荒岛被原始森林重重覆盖,生活在这儿的野猴原来全凭岛上极其有限的野果充饥,怪不得它们个个长得异常瘦削、矮小。望着这些被人们唤作神猴的异域猴子,我心中顿然产生出一种怜悯之感。我不由自主地定睛细看起神猴来。乍一接触猴子们那高度紧张、像要穿透抛掷食物的眼神时,我的心猛然颤抖了一下。当我在视线里发现了孤立一旁的幼猴那嗷嗷待哺的无奈神情时,这种颤抖变得更加强烈起来。也就在惊见幼猴目光的刹那间,我倏地记起了一种来自人类的眼神。那是好多年前的事了,我在一个偏僻的山村采访,正午时分遇到了一个因贫穷而上不起学的山里孩子,只见他木然地坐在自家门口坑坑洼洼的泥地上,凝视着建在对面半山腰上的村小学校兀自发呆,一触及他那无奈的目光,我当时是全身心发出了强烈的震颤。我不禁感慨系之,身处困厄的人与猴原来竟具有如此惊人的相似!

我真不明白,为什么人们要把这么一群饥肠辘辘的野猴叫作神猴,把这么一座地地道道的饥猴岛叫作神猴岛。我的心情一时陷入了迷惘沉重之中。反观大家那因开心而展示出来的一张张多姿多彩的笑脸,我想笑却怎么也笑不起来。

我暗自思忖,同是阳光下鲜活的生命,人类却要靠制造这么一场无情的食物争夺战来换取自己片刻的欢愉,未免有点太残酷、太自私了;但我转念又替猴子们进行起换位思考,孤岛别无长物,天上也不会掉馅饼,如果没有我们的自私和残酷,那么猴子们就连这顿可怜的午餐也不会有了。因此,对于猴子们来说,这种自私和残酷却未必不是好事、善举呀。这样一想,我紧蹙的心思才稍稍有了一些放松。

离开神猴岛,我们乘船继续前行。我在心里默默祈祷着,下一站可千万不要像神猴岛一样,让我想笑却笑不起来啊。

新加坡观感

早就知道新加坡是一个花园岛国,那儿经济发达,社会富裕,人居环境极佳。待我漂洋过海来到这块美丽的土地上时,她带给我的三大主要

观感,可要全面具体得多了。

　　国无农业,这是新加坡给我的第一印象。一下飞机,前往新加坡饭店第一次就餐时,就听华裔导游彬彬有礼地向我们介绍,新加坡的水果、蔬菜价格极其昂贵,伙食可能比来自农业大国的我们心里所希望的要差一些,因而敬请大伙多加谅解。初听此言,我并不十分在意,将它视为没有实际意义的客套话之类,因为在香港时我就已听到过类似的言论了。可接着往下听,却令我大跌眼镜了。导游说,新加坡除了有一点点渔业以外,基本上没有什么农业,而且渔业产值在国民经济中所占的比例也是微乎其微,至多占一到两个百分点。我急忙追问其故,可遗憾的是,导游只能像背书本似的告诉我,是由于新加坡土地资源有限,没有发展农业的空间。

　　城无工业,这是我始料未及的新加坡另一观感。一个发达的现代化国家,我以为应该是工业的旗帜四处飘扬,现代化的工业园区撩人眼球。可我在新加坡本岛上转了一圈,却见不到一丝想象中的工业痕迹。我只好向导游讨教。据导游说,新加坡本岛原先也是有一些工厂的,但如今所有的工厂已全部迁往离岛了。并且新加坡政府规定,厂区只能建在本岛背风那一面的离岛上,以避免工业粉尘等污染物顺风再刮进城内,从而影响居民的生活与健康。我不由得为新加坡这种高度重视环境保护的做法大声叫好。直到那个热带阳光朗照的上午,登上鲜花盛开的花芭山,我才终于在山巅看台上置放的望远镜里,看到了新加坡工厂的身影。

　　举国绿化,这是新加坡留给我的最深印象。置身新加坡,放眼四望,绿草似被,绿树如盖,满城春色满地绿。可以说,新加坡几乎在所有能够绿化的地方都栽种了适宜的植物,或树,或花,或草。而且,新加坡城市管理部门对所有树木、花草均建立了专门的档案,特别是将那些高大树木逐一详细记录了它在生长过程中包括移植、防治等方面的情况,由于资料翔实,对草木的管理也就科学、方便、有效了。这听上去就像我们国内的组织人事部门建立的干部档案一样。新加坡人细心呵护草木、倾情追求绿色,实在令人叹为观止。

风水宝地新加坡

世界地理枢纽——新加坡百分之七十的人口是华裔。风水文化作为中华传统文化的一个组成部分,也深深烙印在这块天赋的风水宝地上。跟随华裔美女导游在新加坡城穿梭,风水之趣不时从她的嘴上抵达我们的心灵。

在著名的鱼尾狮公园,伸向滨海湾的一角有一座高八米、重四十吨的鱼尾狮纯白雕塑。导游介绍,白天,那雕塑以往来于新加坡港的船只及蓝天白云为背景,呈现出的是勇武刚毅的雄性鱼尾狮形象;夜晚,在璀璨灯火映照中,它则演变为泛着青白色奇异光泽的雌性鱼尾狮。新加坡号称狮城,鱼尾狮为其代表性标志。一九七二年,当地政府决定在新加坡河畔修建鱼尾狮建筑,以激活国家经济走出困境。风水学上说"山管人丁水管财",把水引入运程失利的方位,可助财运逆转。他们便将狮雕底座设计成海浪状,置放位高出海平面四到五米,狮口安装上喷水装置。由于狮雕底部海浪线虚拟地抬高了新加坡河的水位,狮口朝上喷水改变了河水固有的朝下流向,从而优化了风水布局,使新加坡赢得了二十四年的持续快速发展。

在"财富之泉"建筑群,四座四十五层和一座十八层的大楼成环状屹立,就像上竖着的左手掌面,十八层那栋恰似大拇指。导游解释,手掌

造型寓意掌控一方财富。在掌心位置，投资商别出心裁建起一座向内喷洒的巨大喷泉。因为风水学里"有水即有钱"，水向内喷，将建筑群流下的雨水全部汇集拢来浇灌花草、清洗车辆，既生态环保，又能"肥水不流外人田"最大限度地储好财。大喷泉还怀抱着一个小喷泉，大喷泉每隔一段时间便会停下来，让人们入内触摸小喷泉。传说，顺时针摸三圈小喷泉，可以招来滚滚财运。扫视泉边，果见游客川流不息。

在新加坡河入海口的标志性建筑"摩天轮"，导游又有了"风水轮流转"的解说。原来，新加坡缺乏淡水，人们只好四处修筑堤坝积存雨水。入海口处地势平缓，自然照修堤坝。但堤坝堵住了新加坡河口，这于风水上甚为不利。怎么办呢？于是，遵循风水有破有立原则，他们就在河口建起了这个雄峙天下的旋转水轮来弥补缺失。

一路上，诸如此类的风水讲究俯拾即是。奇怪的是，整个旅途我非但没有产生多少惯常对待风水文化的抵触情绪，反倒忘情地与团友们一道陶醉在欣赏神话剧般的浓厚兴趣和无边乐趣之中。我知道，其实这些都是善良人们的最美好的心愿而已。

感受新加坡河

新加坡河是一条在海水冲涌的基础上由人工开凿而成的运河，长约四点一公里。两岸风光旖旎，景色宜人。

那是初到新加坡的一个上午，湛蓝的天空中飘荡着几丝云彩，我们乘坐一艘铁皮老驳船去感受新加坡河。宽阔的河面上，微波荡漾，三三两两的游船在缓缓移动着。河水十分洁净，没有一星半点儿漂浮物。刚下过一场雨，倒也有些凉爽。怪不得人们盛传新加坡是"一年皆是夏，一雨便成秋"。放眼望去，一边岸上耸立着错落有致的银行大厦等高层建筑群，它们在阳光的照射下银光闪耀；另一边岸上一字排列着欧式平房和两层楼房，近处街头各色招牌林林总总，令人眼花缭乱。

名扬天下的驳船码头起航不久便到。导游介绍说，以前这里是商人用小船卸货的地方，当年漂洋过海下南洋的许多华人劳工就是在这儿搞搬运、做苦力。而眼前的码头上不见了那堆积如山的货物和那步履沉重的劳工身影，岸边的仓库、货栈、商店都已改头换面，装修成了酒吧和娱乐厅。新加坡政府出于保护沿河历史风貌、提升城市人文品位的目的，下令保留了这一带所有的老房子，并经过科学论证将驳船码头辟为娱乐中心。现在的驳船码头上，娱乐业和酒吧业形成了一道风景。据说入夜后，码头上的灯光齐明，彩灯映在河面上，斑斓夺目；待到娱乐中心竞相开场，乐声悦耳，热闹非凡。可是此刻，阳光映照的码头上却不见彩灯、不闻乐音，一片寂静，偶尔见到一、两对金发碧眼的男女在岸边的露天茶座悠闲地喝着什么，才给人一些动感。我努力地睁大双眼环顾周遭的世界，幻想着去追寻历史的脚步。我仿佛看见了摩肩接踵的先辈如牛负重、汗如雨下，那由黄晒黑的肌肤在阳光下透着惨白的亮光。望着脚下奔流不息的新加坡河河水，我似乎听见了它在不倦地诉说着华人的苦难艰辛和丰功伟绩。是啊，如果说华人为新加坡的发展做出了巨大贡献，那么今日中国则是华人在故土家园创造着的又一大奇迹。勤劳智慧的华人，总能在各种背景下为社会发展和文明进步做出惊天动地的贡献。

水流舟行，横卧河上的一座座锈迹斑斑的铁桥争先恐后地走进视线。有同伴告诉我，这些铁桥是英国殖民统治时代的产物。哦，原来它们那灰头土脸的面容却是新加坡百年风雨的写照。穿桥而过时，我情不自禁地

默默向托起这座花园城市的铁脊梁——行起了注目礼。

　　位于新加坡河上游北岸、与驳船码头齐名的克拉码头,如今则已演绎成购物、餐饮的天堂,原来的六十多家仓库变成两百来家商店和餐厅了。克拉码头与驳船码头不同的是,白天也商贩云集、人头攒动,弥漫着浓浓的节日气氛。新加坡政府一直致力于全面保护城市环境、营造安宁舒适的生活氛围,只准许克拉码头等屈指可数的几处地域开放街头日市。久闻新加坡城市管理科学有序,置身其中,果然一点不假。

　　眨眼之间,游程临近尾声,铁船朝新加坡河河口开去。这时,只见一座硕大洁白的狮头鱼身塑像赫然伫立在河畔的平台上,它安详平静地吐露着如练的水流,就像一位平和的新加坡人在向来自世界各国的旅人微笑致意,散发出阵阵温馨的气息,沁人心脾。

印象圣淘沙

　　圣淘沙岛位于新加坡南部,长四点二公里,宽一公里,面积约为三百九十公顷,一座跨海大桥将其与新加坡本岛连为一体。既宁静又美妙的一座热带小岛,这就是圣淘沙给我留下的印象。

　　"圣淘沙"马来文的原意是"和平与宁静"。乍一接触圣淘沙,很轻松地就找到了和平、宁静的感觉。和平不难理解,该岛原名"绝后岛",曾是英国占领军的军事基地,新加坡独立几年后获得了主权,人们才重新为其取了这个美丽动听的名字。新加坡政府慧眼独具,深谋远虑,不惜一再投入巨资，将其逐渐打造成了国际知名的度假海岛。结束了殖民统治，抹去了军事色彩，走上了一心一意发展的道路，圣淘沙自然是和平的了。而宁静呢，显然是圣淘沙最直观的特征。今日的圣淘沙已跃身成为新加坡最大的旅游度假胜地，几乎每一寸土地都散发着安逸的气息、弥漫着休闲的味道。登临海岛，热带原始风情扑面而来，明媚阳光、洁白沙滩、闪光波浪、温柔海风、挺拔椰树、如盖棕榈令人赏心悦目，一切烦忧抛之脑后。置身其中，你尽可以在沙滩上沐浴着海风赤足行走，也可以爬上三十七米高的鱼尾狮塔俯瞰岛上及周遭的景物，五花八门的娱乐项目与人文景观任你在无拘无束的氛围里尽情享受。无论是白天还是黑夜，圣淘沙均会在一片温馨之中，把美丽与愉悦悄悄传递给来到这里的每一个人。

待到夜幕降临后，我发现圣淘沙运用科技手段发展休闲事业的水平已臻炉火纯青的境界。在岛上的那个晚上，导游带领我们前往圣淘沙的重要游览观光点——音乐喷泉，那是一座人工建造的欧洲风格花园。喷泉前的看台上早已坐满了黑压压的游人，我刚找好座位就熄了灯，在一片黑暗之中蓦地响起一个男子浑厚的声音，原来是告知表演开始了。首先出场的是一个手舞足蹈的小丑，随着他的指挥棒朝天一挥，音乐声骤起，霎时间成排的水柱在激光灯的照射下直冲云霄，让人精神为之一振。表演中，旋律不时发生变化，水柱也随之变化。音乐悠扬婉转时，水柱舒缓摇曳，仿佛一群白衣仙女在轻歌曼舞；音乐激昂欢快时，水柱则动如脱兔，宛若一群矫健男儿在狂歌劲舞。激光和水柱在夜空形成一块巨大的"银幕"，伴随着乐曲的更替，"银幕"上迅速切换出该音乐来源国的典型建筑、风土人情和优美风景的影像，清晰逼真。音乐、彩灯和激光舞动出的充满生命力的鲜活姿态，演绎出的富有震撼力的经典风物，叫人在折服于高新科技力量的同时，生发起热爱生活、热爱世界的激情。现场观赏音乐喷泉，带给我的感觉自始至终美妙无比。

既宁静又美妙的圣淘沙，想必我今生今世难以忘怀了。

第一辑 浮在湄南河上的画卷

吉隆坡速写

马来西亚首都吉隆坡位于马来半岛的中西部,面积有二百四十四平方公里,是全国人口最多的城市。马来西亚政府日前高调宣布,把人民幸福指数纳入考核范围,并以此来评价国家发展模式是否成功。马来语"吉隆坡"原意为"泥泞的河口",如今的吉隆坡早已咸鱼大翻身,一跃成为著名的世界级观光城市。一番实地感受,我们无不认为,生活在这里的人们的确享受着让人艳羡的幸福指数。

吉隆坡是绿色植物笼罩的都市。吉隆坡的东、西、北三面均为连绵起伏的丘陵、山脉,热带林木环抱。吉隆坡市区遍布苍翠茂盛的灌木丛林,种植着珍稀瓶子草的青草地则占领了全城的旮旮旯旯,美丽的马来西亚国花扶桑与怒放的胡姬花等点缀其间。我们所到之处,四季常绿的树木与葳蕤争荣的花卉交织在一起,构成了一幅鲜艳明快、充满生机的绿色景观。整个吉隆坡原生态景观与现代化气氛和谐并存,人类与自然和谐相处。

吉隆坡是宁静气息漫溢的都市。走在吉隆坡的大街上,很少能听到轰隆隆的机器噪音。逗留期间,我没有遇见过人声鼎沸的场面,即使是在商场里购物,人们也是柔声细语的。吉隆坡市区内的路面并不像我们想象的那样宽敞,而且一些道路还是单行线。同世界许多大都市一样,吉隆坡早晚上下班时的汽车拥堵现象也是相当严重的。那天刚好遇上人们下班,眼见得路面上塞满了大大小小的车辆,长长的车队在狭窄的空间里像老蜗牛一样缓缓向前爬行着。但即使到了这个时候,我也只是听到了一阵阵汽车启动与刹车的声响。

吉隆坡是建筑艺术交融的都市。吉隆坡是一个硕大的世界建筑博览馆:古老的、现代的、东方的、西方的,方形的、圆形的、三角形的、梯形的、剑形的……各式各类建筑,林林总总,应有尽有。徜徉大街小巷,放眼四望,高大的现代建筑物同高脚斜顶的马来特色别墅错落有致,西式建筑和中式建筑并肩而立,谦恭的铜顶建筑和逼人的摩天大厦互相映衬,汇成了一幅幅美妙绝伦的立体画卷。位于国家广场一侧的司法部和最高法院是古老的"阿杜勒·萨马德建筑",它们业已成为吉隆坡一道难得的显示其深厚建筑文化底蕴的风景线。而全城最高点——八十八层的双峰塔,恰似两位头戴腰鼓形帽子的巨人紧挽起手一起雄视着天下,震撼着旅人的心。

梦圆云顶

云顶位于马来西亚彭亨州与雪兰莪州交界处,属内陆中央山脉,海拔一千八百米,面积约四千九百公顷,距首都吉隆坡五十多公里。这里漫山遍野生长着原始热带雨林,郁郁葱葱的山岭云雾缭绕不散,山上气温终年保持在十五摄氏度左右。

云顶娱乐城建筑宏伟,设备精良。六家星级大酒店,客房总数超过

一万间，其中"世界第一大酒店"客房达六千三百间，是全球最大规模的经济酒店。巧妙布局、精彩刺激的游乐园，室内、室外、地面、水上、空中各类游艺娱乐项目包罗万象，一应俱全，其中云顶赌场跻身世界四大"赌城"之列，也是马来西亚唯一合法的赌场。

得天独厚的自然条件和举世罕见的娱乐场所，使云顶成为东南亚久负盛名的生态风景区和高原旅游避暑胜地。可是有谁能想到，如此美轮美奂的云顶，却源于一位中国青年在异国拼搏二十七年后的一夕遐思。

一九三七年，年仅十九岁的林梧桐从福建省安溪县老家只身远渡重洋，来到马来西亚谋生。他没读过几年书，语言也不通，为了生活只得学木匠、收破烂、干小贩，遍尝人世艰辛。

一九六四年，天赐良机，林梧桐承包到了马来西亚金马仑高原水力发电水坝的部分工程。就在金马仑举杯邀月的那一夜，他仰望满天星斗，突然萌发一个梦想——要在首都附近的高原上兴建度假别墅，作为将来退休后颐养天年的乐园。

说干就干。翻山越岭实地考察后，林梧桐相中了当时尚处原始荒芜状态的云顶，并把梦想由建造度假别墅修订为开发旅游胜地。一九六五年，报经马来西亚政府批准，他立即组织成立了"云顶高原私人有限公司"。从此，林梧桐便和云顶结下了不解之缘。

经过六年艰辛努力，云顶于一九七一年正式营业。此后，云顶娱乐城不断发展壮大演变为一个拥有一万四千多名员工的多元化集团，成了马来西亚旅游业的重要标志和品牌。云顶，终于圆了林梧桐在马来半岛创业的美好梦想。

一九七九年，马来西亚政府为表彰云顶娱乐城对国家旅游业所作出的杰出贡献，封赐林梧桐"丹斯里"勋衔的崇高荣誉。时任马来西亚总理的马哈蒂尔在为林梧桐自述体文章《我梦中的乐园》所作的序言中这样评价他："丹斯里林（梧桐）是马来西亚一位传奇人物。他的成功，在于他能够从一座荒山中，看到无限的商业潜能，并锲而不舍地把它发展成为蜚声国际的旅游胜地。"

林梧桐虽久居异国，但骨子里中国人知恩图报的秉性却一点未改。随着云顶事业日益红火，富起来的林氏家族没有忘记让自己事业发展的马来西亚人民。林氏家族在一九七八年成立了一个家庭慈善基金，取名"林氏基金"，并以一系列的善举在马来西亚人民中赢得良好声誉。林梧桐对自己的经商心得也毫无保留，只要社会需要总是和盘托出。

林梧桐在《我梦中的乐园》中直抒胸臆："云顶使我在事业上更上一层楼，实现我三十五年来一直追求的理想。但我个人最主要的满足感，却是在于发展云顶的过程，使我有机会参与国家经济的发展建设，在经济及旅游业领域内做出贡献，并让马来西亚人为拥有一个'云端上的乐园'而引以为荣。"字里行间洋溢着对理想的执着追求，对马来西亚人民的无比热爱。二〇〇三年，八十五岁的林梧桐退休了，由他的儿子林国泰接班。如今，林国泰在云顶高原上顽强地续写着父辈的辉煌。

领悟马六甲

马六甲海峡是连接印度洋和太平洋的唯一水上通道，通航历史悠久。因为这个海峡，马六甲才从一个小渔村不断发展起来，二〇〇八年被联合国教科文组织列为世界文化遗产。

置身马六甲海岸，却看不到想象中的咽喉状海峡和船舰列队而行的

繁忙景象,但见海天一色,鸥鸟翻飞,红树林摇曳多姿。凝眸遥望,我不禁想起了六百多年前中国的和平使者郑和。

郑和是伟大的航海家,本姓马,字三保。从一四〇五年七月开始,他率领庞大的船队七次出使中国南海以西的国家和地区,史称"郑和下西洋"。郑和七次下西洋,五次停留马六甲。每次他率领官兵屯扎在陆地,船队远远地停泊在海面上,不仅没有一丁点占领、征服之意,而且遍播和平友好的种子——他组织军民修筑古城,使马六甲人在一百多年里安居乐业;他在郊外设立"官厂",实行公平贸易,使马六甲人的物质生活空前丰富;他开掘三保井,使马六甲人在大旱之年不愁水喝;他义务帮助消灭海盗,使马六甲王国一跃成为东南亚经济发达国家……这些故事在当地传颂至今,家喻户晓。

导游告诉我们,纪念郑和的景点——三保庙、三保山和三保井是游览马六甲的"必修课"。

三保庙背山面海,林木扶疏,相传始建于一六七三年,整个建筑飞檐翘顶,红墙碧瓦,雄伟壮观,彰显中华传统风格。门柱上镌刻对联:"五百年前留胜迹,四方界内显英灵。"庙内供着一尊郑和戎装像,上悬横幅"郑和三保公",香雾弥漫,人声绕梁。三百多年来,三保庙几经焚毁又几度修葺,而且每一次重建都有扩展,足见当地人对郑和是怎样的感恩戴德。

三保庙后不远处有座小山,那就是三保山。郑和访问马六甲时每每驻扎于此,人们便以郑和的名字为山更名,并在他经常活动处修建了一座亭子,取名三保亭。一四五九年,大明汉丽宝公主带着五百名如花似玉的侍女下嫁马六甲的苏丹。苏丹感念中国姑娘离故土不易,就将风景秀丽的三保山赐给了她们居住。这个故事如今被改编为歌剧,以汉语、马来语和英语不时上演,深受马来西亚观众的喜爱。

吃水不忘挖井人,三保山下就立着那口三保井。当地人传说,喝了这井水，出门远游或下海捕鱼必会逢凶化吉；用井里的水冲凉，定能消灾祛病。三保井的水啊，早已被人们视若圣水了。

从一五一一年至一九五六年，马六甲不幸沦为殖民地。虽然饱经沧桑，但无论是殖民地统治时期，还是马来西亚独立以后，马六甲人一直铭记着传播和平的郑和。今天，他们又建起了郑和展览厅，专门讲述郑和来访的历史渊源。最让人感动的是，自一九八四年起，马来西亚各州轮流举办"全国华人文化节"。各州领导在开幕日齐集三保山，祭旗燃圣火，然后举办州代表高擎着由圣火点燃的火炬返回本地，以此揭开节庆序幕。

在历史上，一伙接着一伙的侵略者气势汹汹地从马六甲海峡登陆后，总要昂着头忙着建造坚固的城堡，甚至悍然安装直指着主人家门的火炮，企图以武力逼迫当地人就范，实现永久霸占。而郑和之师当年出现在这里时，只是躬下身子搭建随时可以搬移的"官厂"、营帐等临时建筑。当地人于是由衷地修庙宇、筑长亭，把郑和当神供奉，世代顶礼膜拜。

我顿然领悟，三保庙、三保山、三保井、郑和展览厅以及华人文化节，其实都是马六甲人民对人类和平的向往与呼唤。

河内三"挤"

游览越南首都河内，我印象极为深刻的是一个"挤"字。

其一是道旁的"挤"——小商铺挤满了城乡的旮旮旯旯。驱车奔驰在河内农村，只见公路两旁家家户户敞开大门摆着各种日用品或食杂果

品等,哪怕是最窄的门面,哪怕是上下很远都没有人家的屋舍,均开着有人看守或没人看守的商铺。到了市郊、市区就更胜一筹了,简直就是全民皆商。大家笑着说,越南都可以叫作"商国"了。

其二是空中的"挤"——通讯线挤满了街巷的左左右右。夜宿河内市区,大伙儿相邀去逛街,抬头一望,四处电线杆上满布着通讯电缆、电视网线等各类线路,恰似一张硕大的蜘蛛网悬于天空。并且,布线工艺不很规则,有些地方的网线甚至像个犯了错的孩子耷拉着个脑袋,形成了明显的弧状。在老城区,在交叉路口,那捆绑在一起的线束足有大腿那么粗,我真担心它们会冷不丁地从天而降。

其三是路上的"挤"——摩托车挤满了路面的上上下下。放眼河内大街小巷,四处奔跑着的大多是摩托车。离开河内的那个清晨,坐着旅游巴士穿行在新老城区,我们看到了未曾见识过的一幕:红灯亮时,车窗外的摩托车流有如蚂蚁般聚集在一块,眨眼之间就占领了整个路面,挤挤挨挨,颇为热闹;待到绿灯亮起,那融为一体的头盔群始而左右用力晃动几下,继而似开闸的潮水四散直冲而去,那场面气势磅礴,蔚为壮观。

此情绵绵无绝期

在河内,去参观位于巴亭广场旁的胡志明故居,迎面一座极其豪华的法式别墅闯入我们的眼帘。导游说,这就是越南的主席府。出乎我们的意料,胡志明从未住过主席府。因为他始终觉得,这里太奢华,住不习惯。

胡志明最初的住所是主席府后面的一座普通平房。米黄色的外墙，三间房屋分别用作卧室、餐厅和书房。房间里的摆设也十分普通——一套普通的桌椅板凳、一对普通的沙发、一张普通的床，与平常百姓家没有多大区别。

　　直到一九五八年，胡志明才搬到池塘另一侧一座两层楼的全木制高脚屋居住。抬腿站上外围搭建的过道，屋内的摆设我们看了个一清二楚——下层是会客室，摆放着会议桌椅，只有几根立柱，没有墙；上层有两个房间，左边是卧室，放着一张不大的木床，右边是一间简洁朴素的办公室。

　　看着这明显的单身汉阵势，有人问胡志明的家人住在哪儿。导游介绍说，为了越南的民族独立与人民解放，胡志明付出了毕生的精力，一生没有结婚成家，当然也就没有子嗣后代了。就在大家慨叹之际，一位团友却跟我聊起了一个凄美的爱情故事。

　　故事的女主人公是一位中国共产党党员，名叫林依兰。

　　一九三〇年，中国正笼罩在一片白色恐怖之中。胡志明在越南也遭到了敌人的疯狂追捕，只好暂时离开祖国来到广州。为了帮助胡志明在中国顺利开展革命工作，中共广东省委安排林依兰与胡志明假扮夫妻做掩护。就在他们第一次见面的时候，胡志明惊呆了：眼前的少女分明就是自己念念不忘的昔日恋人哪！原来，林依兰与胡志明的那位恋人长得实在是太像了。那是一位越南妇女运动的卓越领导人，青春年少的她一心扑在革命事业中，由于叛徒出卖不幸牺牲。此后，青年胡志明发誓终身不娶。

　　胡志明对爱情的忠贞，让林依兰对他在崇敬之外又多了一份未婚女性特有的关爱。她以一个"妻子"的身份，无微不至地照料着胡志明的生活起居。胡志明的高尚革命情操和无私奉献精神，让她在不知不觉中擦出了少女爱的火花。而胡志明天天望着面容酷似恋人、言行更似恋人

的林依兰,内心深处也渐渐升腾起一股股早已匿迹的爱慕的情愫。但面对极度艰难的革命环境,他们相互都没有捅破这层"窗户纸",苦苦地把爱压抑在萌芽状态。

后来,由于有人生疑而向当局告密,胡志明被捕入狱。被带离前,他将记载了自己这段真挚情感的日记本交给了林依兰。几天后,胡志明被中共地下党想方设法营救出狱。经过了生离死别的考验,他们深埋心底的感情终于决堤了。一回到"家"里,他们就紧紧地拥抱在了一起。不久,由于斗争形势的变化,两人分别奔赴新的工作岗位,自此劳燕分飞。

一九五八年,待越南局势趋稳,胡志明郑重地向中共、越共提出了把林依兰从广州接到河内秘密举行婚礼的要求。然而,越共方面没有同意。这一愿望未能实现,年迈的胡志明痛苦不堪。

病痛中的林依兰望眼欲穿,盼到的却是胡志明的一封短信。信中只有寥寥数语:"亲爱的依兰,咱们无缘再会。你听说过柏拉图的精神恋吗?就让我们彼此心灵永远融为一体吧!"林依兰含泪回信:"在天愿作比翼鸟,在地愿为连理枝。天长地久有尽时,此情绵绵无绝期。"她把白居易《长恨歌》原文里的"恨"字改为了"情"字。从此,她的病情开始恶化,一九六八年撒手人寰。临终前,她把胡志明的那本爱情日记托人转还给了他。胡志明惊闻噩耗,手捧日记本,泪流满面。一年后,他念叨着林依兰的名字溘然去世。

铁骨铮铮的伟大革命家对待爱情如同对待革命事业,痴心不改,这虽然令我感动,但不超乎我的想象。然而,堂堂一代人民领袖竟然不能主宰自己的婚姻幸福,这是我万万没有想到的,也是我万万不敢想象的。我一时沉默无语,内心里却翻江倒海。

故居里,人们在竞相拍照留念。我却在四下找寻,找寻胡志明当年留下的为爱情而变得或急促或沉重的步履。在高脚屋下,在简陋的平房前,我满眼见到的都是幽怨的缕缕情丝。

环绕故居的花园,古树参天,花卉葳蕤。最引人注目的,还是园子里种植的那种罕见的菩提树。那树的根部倒着往上生长,形成了一尊尊天然雕塑,乍一看还真是像极了浑圆的佛像。凝视着高大挺拔、佛性彰显的菩提树,我眼前幻化出的是长须飘飘、目光坚定的胡志明手挽着齐耳短发、英姿飒爽的林依兰走在林荫小径上,他们时而悄悄低语,时而开怀大笑……

来到巴亭郡玉河街十九号,那座如同一朵洁白荷花般灿烂绽放的胡志明博物馆里,参观的人流络绎不绝。见到大厅那尊挥手致意的胡志明铜像,我想到的是那段生死恋情。随着人流前行,只见擦肩而过的人们脸上写满了庄重和严肃,我想到的还是那段生死恋情。夜晚,华灯齐放,河内上空充盈着迷人的异域都市风情,而我全然忘记了自己旅游者的身份,独自咀嚼着这个凄美的爱情故事,在河内大街漫无目的地徘徊、徘徊。

回国途中,手持出入境通行证走进友谊关时,那段生死恋情又清晰地浮现在脑海里。不由自主地抬头仰望苍穹,突然之间,我分明看见了一对美丽的比翼鸟在山水相连的国境线上来回翩翩飞舞、飞舞……

品读下龙湾

“海上生万峰,峰峰各不同。”驰名天下的越南旅游胜地下龙湾风光旖旎而奇特,屹立在蓝海之上的千万座大小山峰千姿百态,赏心悦目——有的似动物,鸡犬狮象,栩栩如生;有的似盆景,山水洞天,鬼斧神工;

第一辑　浮在湄南河上的画卷

有的似器具,鼎炉玉壶,惟妙惟肖……因其景观和地质地貌格外有研究性价值,联合国教科文组织先后两次将其作为自然遗产列入《世界遗产名录》。

来到下龙湾,最为强劲地激荡我心灵的却不是那如画美景,而是其芳名渊源。越南导游小海绘声绘色地向我们介绍,"下龙湾"地名源自远古洪荒时代,意思就是龙从天上下到大海来的地方,简单明了。相传,由于魑魅魍魉作祟,这一带大海容颜突变,阴风怒号,骇浪穿云,动地惊天。水域,生灵自相残杀,惨不忍睹;海岸,万家屋倾灯灭,哀鸿遍野。于是,上帝便派遣天庭一条得力母龙空降到此执掌海域军政大权,以维护生态平衡,拯救世间万物。母龙果然不辱使命,铁腕治政,雷厉风行,让海面迅速恢复了和平与美丽的景象,让老百姓重新拾起了安宁与幸福的生活。为使后人能永远铭记上天的浩荡恩德、母龙的丰功伟绩,当地人们一致决定用"下龙湾"这个大俗大雅的自造名词给家乡正式命名。

龙,炎黄子孙共同敬奉了八千年,早已化身中华民族的象征、中国文化的象征,并承载着当代华人华裔血浓于水的亲情和民族强盛的梦想!一九八〇年,一曲校园民歌《龙的传人》横空出世,眨眼间红遍了大江南北和海外华人聚居区。至今,那荡气回肠的旋律仍时常回响在中国人的耳边。每当听到、唱起这首歌时,我总会热血沸腾,浮想联翩,对祖国、对人生充满美好的憧憬。让我始料不及的是,越南人对龙的顶礼膜拜毫不逊色于中国人。只听得小海侃侃而谈,几千年来,越中两国的祖先们都将龙奉为本民族图腾,并且越南龙在演变过程中对中国龙屡有借鉴;放眼现实,两国人民都是黑眼睛、黑头发、黄皮肤,全都是龙的传人,而且永永远远是龙的传人……胡志明主席深情吟就的诗句"越中情谊深,同志加兄弟",随即在我的心头闪亮登场,劲舞开来。

无独有偶。我一直以为,虽然下龙湾与桂林同属喀斯特地貌,景观酷似,但下龙湾的"海上桂林"别称一定是中国游人单方面对它的冠名。

因为从字面上来理解,这就等于正面肯定了桂林相对于下龙湾具有倾心追随的偶像地位。试想,下龙湾那也是世界级的绝世美景,有必要去做别国风景的陪衬吗？可谁知道,置身下龙湾,包括导游在内的一个个越南人提起"海上桂林"这一称呼来,竟是那样的自然而然,那样的喜形于色。于是,我再度激动不已。

龙的传人——下龙湾,穿越八千年的中国龙于此找到"同志";桂林——海上桂林,飞越国境线的中国桂林于此找到"兄弟"。此"龙"此"桂林"交织缠绕,扑面而来,凝眸品读,真的是,想不亲密都难！

第二辑
＞＞＞

凝固的丽江古乐

木府：凝固的丽江古乐

　　丽江归来，木府似一曲雄浑壮阔的古乐，久久回荡在耳旁，让我不能有片刻忘怀。

　　木府位于丽江古城东南角，原系丽江世袭土司木氏衙署，"略备于元，盛于明"。一九九八年春修复重建的木府占地四十六亩，坐西朝东，"迎旭日而得木气"。殿枕狮山，以聚元气；坊迎玉水，生太极之脉；北列玉龙，南啸神虎，布秀成奇，一派祥和景象；恢宏大气，雕梁画栋，光彩照人，被誉为"丽江紫禁城"。中轴线长三百六十九米，依地势建有忠义坊、仪门、前议事厅、万卷楼、护法殿、光碧楼、玉音楼、三清殿、配殿、阁楼、戏台、过街楼、家院、走廊、宫驿等十五幢建筑，大大小小计一百六十二间房。衙内挂有几代皇帝钦赐的十一块匾额，上书"忠义"、"诚心报国"、"辑宁边境"等。

　　朱元璋建立明朝后，于一三八一年派出三十万大军征讨云南，滇西大理段氏地方政权被一举击溃。远在滇西北丽江纳西族土司审时度势，于次年"率从归顺"，举人臣之礼。朱元璋喜出望外，钦赐其木姓，从此纳西传统的父子连名制得以改从汉族姓名。木氏土司为了保持其统治集团姓氏之高贵，推出了"官姓木，民姓和"制度，并延续至新中国成立。

　　丽江是中国历史文化名城中唯一没有城墙的古城，据说是因为丽江世袭统治者姓木，筑城势必如木字加框而成"困"字之故。同样原因，木府也没有完整的屋墙相连。木氏土司家族历经元、明、清三个朝代，一共因袭相传二十二代四百七十年。由于历代土司对儒家文化的崇敬，使其在文化上同中原保持着难能可贵的一致性。特别是在明代，深得朝廷信任和倚重的木氏土司开明善学，广泛吸取中原汉族地区的生产技术和文化教育，大力引进文化、医药、教育、建筑、开矿、工艺制作等各方面人才。一时间，百业兴旺，疆土拓展。史称其"土地广大，富冠诸土郡，知诗书，好礼守仪"。

我观木府，发现有四大特征。

一是文化底蕴深厚。万卷楼珍藏有千卷东巴经、百卷大藏经、六公土司诗集、众多名士书画等，集两千年文化之精粹。

二是家国管理有方。前议事厅专门办理政务；护法殿又称后议事厅，才是土司议家事之所。

三是宗教兼容并包。木氏土司在尊崇儒家思想的同时，对其他宗教也不盲目排斥。三清殿就是推崇道家精神的产物；而狮山古柏深处，还有其祭祀天、祖、大自然的场所。

四是建筑艺术精湛。譬如光碧楼乃后花园门楼，素有"称甲滇西"之誉。木府浑身散发着明代建筑古朴粗犷的流风余韵，但又有机地融入了纳西、白族各地工艺风格，同时还荟萃了纳西古王国名木古树与奇花异草，将大自然的清雅之气与王宫的典雅富丽融为一体，充分展现了纳西族广采博纳多元文化的开放胸襟。

一座木府，凝聚了丽江这座世界名城的千年文明精魂和各族人民的博大智慧，让来自四面八方的游客尽情地领略纳西族曾经的辉煌。有人评价道："木府是凝固的丽江古乐，是当代的创世史诗。"妙哉斯言！

大理三叹

一叹：捕鱼女成了唯一始祖

我们登上秀丽古朴的云南大理南诏风情岛，远远便见一组高大的石雕耸立在山顶广场，这就是著名的沙壹母群雕，它是根据《后汉书·西南夷列传》中记载的"九隆神话"题材雕刻而成的。

传说，在滇西哀牢山中，有一位名叫沙壹的妇女，她在捕鱼时无意中身触沉水木头而怀孕，于是生下了十个儿子。最小的儿子名为"九隆"。九隆是当时的土语"坐在背上的人"的意思。九隆聪明过人，心地善良，九个哥哥心悦诚服一起推举他为王。后来，哀牢山下又有一妇人生下了十个女儿，十兄弟就娶了这十个女子为妻。他们夫妻恩爱，共创美好家园，幸福繁衍，于是就有了大理的各民族人民。

眼前这座青铜沙壹母塑像，神情慈祥，栩栩如生，形象地诠释了"九隆传说"的精髓。九隆神话在滇西一带流传甚广，捕鱼女沙壹是大理各民族人民的唯一始祖。将普通劳动女性摆上唯一始祖的无上地位，不能不让我为之感叹。

二叹：人皆可为尧舜

风情岛的西端是白族本主文化广场。白族语"本主"意为"我们的主人"。本主文化是白族文化独有的一个门类，本主崇拜是白族地区全民信奉的独有宗教信仰，是白族人们仰慕英雄的一种文化积淀。

白族尊崇的本主五花八门。不论是官是民，也不论是男是女，只要他对社会有过突出贡献，在生活中有过突出表现，身后都有可能被当地人追崇为本主，成为后世人的楷模和保护神。

本主也和凡人一样具有多姿多彩的性格特征。苍山脚下有个村的本主被人戏称"铁捆将军"。原来，他平素骄傲自大，自封为"三百神王"，后来被一位"五百神王"设计用铁链将他捆绑住，从此他谨言慎行。这哪里像是不食人间烟火的神灵，分明是世间凡夫俗子的真实写照。

形形色色的普通人，在大理白族竟然可以成为本主。这种不求全责备的思想，让"人皆可为尧舜"的美好理想在大理化为了看得见摸得着的现实。

三叹：为唐军立德化碑

位于大理下关老市区中心的"万人冢"，是南诏国安葬唐代"天宝战争"中牺牲的剑南留守侯李宓及阵亡将士的大型墓冢。唐朝天宝九年（七五○），南诏国阁罗凤因不满朝政腐败，起兵反唐。唐王朝先后三次派兵征讨南诏。唐军水土不服，瘟疫蔓延，粮草耗尽，未开战便已死伤大半。唐军领将李宓只好退兵，南诏军队趁机追击，唐军全军覆没，李宓沉河殉职。战后，南诏王却下令收拢唐军将士尸骸，按国葬规格处理，先后在下关西洱河南岸等两处战场修建了两座万人冢，并在南诏国都太和城

立下"南诏德化碑",是云南现存最大的一块唐碑。

战败者的李宓,怎么也想不到自己会成为白族的本主神,并且跻身于重要本主之列,他的塑像被陈放在本主文化广场的墙龛内。对敌军将士行国葬之礼,立盖世无双之碑,将敌军统帅列为本民族万众敬仰的重要神灵祭拜,试问世上还有谁能有如此博大宽容之心?

灵渠断想

初到"中国十大魅力名镇"桂林兴安,慕名去游览国家重点风景名胜区——秦代灵渠。

在展览前厅,听讲解员介绍:灵渠建成于秦始皇三十三年,即公元前二一四年,全长三十七点四公里,平均宽十米,平均深一点五米,分南北两渠。由于设计科学,工艺完美,它与都江堰、郑国渠并称为"秦代三个伟大的水利工程"。一九六三年三月,郭沫若参观灵渠时称赞它"斩山通道,连接长江、珠江水系,两千余年前有此,诚足与长城南北相呼应,同为世界之奇观"。于是,有了"北长城、南灵渠"之说。

听着讲解,我陷入沉思:三十公里长的一条小渠,怎能与万里长城相提并论?

带着疑问,随着旅行团,我登上了位于湘江中央的长堤。此堤夹于两泓清流之间,堤上草木繁茂,生机盎然。石碑上有语:"桃花满路落红雨,杨柳夹堤生翠烟。"这是明代诗人对灵渠的赞美,的确也与眼前的景致十分吻合。

　　站在长堤前端，导游侃侃而谈，公元前二二一年，秦始皇统一六国后，又令五十万大军兵分五路，南征百越各部。秦军在越城岭遭到顽强抵抗，这里山路崎岖，水路不通，军粮运输成了秦军的重大难题。为了早日结束岭南征战，秦始皇下令在相向而流的湘江、漓江之间修凿灵渠。从湘江用船只运来的粮饷，通过灵渠进入漓江，运抵前线。到公元前二一四年，秦军终于全面攻下了岭南。

　　灵渠和长城都是秦始皇一生中的得意之作。从某种角度来评价，灵渠之功甚至超过了长城之功。修建长城是为了阻挡强悍的北方游牧民族南侵的脚步，属于消极的防御，最后也没能实现秦始皇所谋划的战略意图，北方的战马屡屡穿越了长城厚厚的砖石墙。而修建灵渠是为了向南方百越地区开疆拓土，是积极的进攻，最后秦王朝依靠它将版图迅速扩大了将近一倍。灵渠的建成，不仅对秦始皇完成统一大业起到了举足轻重的作用，还促进了中原和岭南经济文化的交流以及民族间的大融合。即使到了今天，它对当地的航运、农田灌溉，仍起着十分重要的作用。

　　导游的生动描述，让我仿佛看见了秦军船队浩浩荡荡自北渠疾奔而来，绕过铧嘴直扑南渠而去。然而眼前分明是碧水缓缓分流，白云在蓝天上悠然信步，清风轻轻拂面，一派祥和安谧景象。我有了融入灵渠、追踪秦军足迹一探究竟的冲动。

　　我们唤来游览木船，朝南渠进发。伫立船头，我睁大双眼，忘情地环顾上下天光、左右堤岸，唯恐漏看了一丝一缕的古人遗迹。那树木花草，那石砌的物件……摩肩接踵，一晃而过，是晕了我的头，晃花了我的眼。耳边隐约有惊雷炸响，惊涛怒吼，远远地似乎还闻得见战马嘶鸣、人声惨烈。

　　一道堤坝的凹口将我拽回到现实中。导游介绍，那是泄水天平，南渠有两处，北渠有一处。它在渠道内二次泄洪，以补涨水时，滚水坝泄

洪之不足,确保渠堤安全。两千多年前的古人对科学技术的掌握与运用已是如此精到,我不禁为之惊叹,同时也为自己生长在古老中国而备感自豪。

前方渠道突然隔断,我们只好弃船登岸。上得岸来,另一番景象扑面而来——人流熙来攘往,亭台楼阁、市井风情布于小桥流水的背景之上。导游告诉我,此处叫水街。徜徉在飘荡着现代气息的古街,望着当地人脸上洋溢着的惬意表情,我坚信,在他们的心灵深处,不仅镌刻着秦始皇这个名字,而且一定还镌刻有改革开放这个名词。

魂系夜桂林

"桂林山水甲天下"。其实,只要你认真去读读桂林城的历史,就不难发现,只有水才是桂林城的魂,桂林城的根。

"千峰环野立,一水抱城流"。史载,一千多年前,桂林就形成了较为完整的护城河体系。桂林的水上游览兴于唐,而盛于宋。当时的桂林城湖塘密布,水系发达,乘一叶小舟就可以尽览全城美景秀色。

二十世纪八十年代,年轻的我怀抱着一睹桂林水城芳容的愿望曾前往桂林游览观光。但除了漓江带给了我一些兴奋和安慰之外,似乎别无印象。此后,我一次次地从各种渠道了解到桂林水资源的情形:河道淤塞,江湖阻隔,环城水系支离破碎,水质随之恶化,水上文物陆续湮没……我担心着,桂林城一旦失去了灵魂,没有了根,再何以面对天下。

不久前，我慕名再去桂林观赏"两江四湖"。登上观光旅游船，我随意地放眼夜桂林。呀！满目是璀璨的灯火、七彩的高楼，水面漾金，画舫穿梭，宛若人间仙境，恰似天府帝苑。与二十年前相比，桂林城已是天壤之别。随着游船前行，奇景层出不穷，临水而建的九曲桥，连接湖光翠柳，呈现一片缠绵的情丝；晶莹剔透的玻璃桥，似仙子美目顾盼；金碧辉煌的高塔，发出耀眼的光芒，直穿透你厚实的胸膛；卧波长桥旁，不时传过来桂剧的曲调，悠扬、绵长，如同陈年的老酒……一时间，我不觉醉倒在这难以描述的夜桂林之中。

导游以无比自豪的口吻向我们娓娓道来：为恢复往日环城水系之胜景，桂林市市委、市政府于一九九八年痛下决心启动"两江四湖"工程。十余年来，他们通过实施连江接湖、显山露水、清淤截污、引水入湖、修路架桥、绿化美化、文化建设等工程，不仅重新疏通了桂林城千年环城水道，改善了市中心的生态环境，全面提升了城市品位，而且让游船重新驶入繁华市区水域，形成了能与威尼斯水城、巴黎塞纳河以及阿姆斯特丹运河相媲美的独特的市区水上游景观。

何为"两江四湖"？两江即漓江、桃花江，四湖即杉湖、榕湖、桂湖以及新开掘的木龙湖。此"两江四湖"襟江接湖，水脉交通，构成了桂林中心环城水系，故以"两江四湖"冠名这新时代的环城水系。杉、榕、桂三湖宋代时早就有了，木龙湖原址本是陆地，为沟通漓江与内湖之水脉，桂林人共掘土石四十五万余方而成就该湖。闻此言，我们无不为桂林人的这一大手笔、大气魄而赞叹不已。

据导游介绍，"两江四湖"景区遍植名树、名花、名草，打造榕树、银杏、雪松、水杉、木兰、棕榈诸园，以优化桂林中心城之生态；架设名桥十九座，以强化"两江四湖"之灵气；恢复、修建古之名楼、名塔、名亭万余平方米，以增加桂林城市之亮点；发掘、修缮文物古迹五十余处，以彰显桂林之历史文化。

"两江四湖"是因这浩荡流水才变得气象万千，今夜桂林也因这"两江四湖"才出落得如此妩媚动人。

诗文庐山

庐山之美，有诗为证："匡庐高起郁嶙峋，翠拥连峰倚断云。天阔秋阴千里合，风清林籁半空闻。松岩过雨泉声出，仙掌飞霞树色分。终古名山留胜概，几回临眺到斜曛。"唐代大诗人白居易更给予了庐山"匡庐奇秀甲天下山"的绝高评价。我最先是通过诗文认识了庐山的，来到庐山最感兴趣的自然也是诗文。

那位在中国诗歌史上独领风骚的"诗仙"李白，一生浪迹天涯、纵情山水，与庐山也结下了不解之缘，留下了不朽的庐山诗篇。于是，我就从"太白读书堂"开始，去寻找那些烂熟于心的庐山诗文的起源。

"太白读书堂"位于五老峰。五老峰是庐山最著名的山峰，五座山峰各具情状，或垂眉入定，或昂首高歌，或俯首低吟，或躬身砍樵，或悠然垂钓，恰似五老并坐，令人叹为观止。李白诗《望庐山五老峰》云："庐山东南五老峰，青天削出金芙蓉。九江秀邑可览结，吾将此地巢云松。"李白因为极其喜爱五老峰的奇异景色，就把峰旁的九叠屏作为自己"巢云松"、著奇句的地方。后来，人们便分别以李白的字和号将这儿称为"太白读书堂"，将峰下山谷命名为"青莲谷"。

但庐山最引以为豪和骄傲的当数瀑布，庐山瀑布与黄山石笋、雁宕龙湫并称"天下三奇"。若论庐山瀑布,其中的开先瀑布名冠第一。我们慕名来到开先寺。只见寺旁的开先瀑布同源双流:东瀑,自鹤鸣和龟背两峰奔流而出,泉水散为数百缕,称"马尾水";西瀑,绕双剑与龟背两峰从黄崖而下,悬挂数十丈,称"瀑布水"。李白是面对着壮观的西瀑,挥笔写下了千古传诵的《望庐山瀑布》:"日照香炉生紫烟,遥看瀑布挂前川。飞流直下三千尺,疑是银河落九天。"凝望着那挂雪白的飞瀑,我恍惚觉得它渐渐化作了一幅巨大的李白真迹《望庐山瀑布》条幅。不信!你看,那悬在峭壁上的龙飞凤舞的大字,正在随风摇曳呢。

唐代的伟大诗人,李白、杜甫之后是白居易。从书本上曾经读到,白居易遭贬后,在庐山北香炉峰下筑起"白乐天草堂",过起了隐居生活。唐元和十二年春的一天,登临庐山大林寺的白居易,独自沿着山谷小径尽情赏玩,忽然一片灿然盛开的桃花林展现在他的眼前,他被这意想不到的景致深深吸引住了。带着未尽的狂喜,白居易回到寺里,一气呵成《大林寺桃花》:"人间四月芳菲尽,山寺桃花始盛开。长恨春归无觅处,不知转入此中来。"并欣然题字"花径",刻于石上,以示对人间仙境的深深眷念。我前往北香炉峰下寻觅"花径",期望能与诗人进行一番心灵对话。但见奇峰耸翠,满眼秀色;唯闻松林低吟,似有书声传来。我怡然大醉,醉得忘记了今夕是何夕。

庐山人告诉我,位列唐宋八大家的苏轼,来到历史悠久的西林寺,看到石壁上题诗众多,诗兴勃发,便提笔留下了《题西林壁》:"横看成岭侧成峰,远近高低各不同。不识庐山真面目,只缘身在此山中。"苏轼当时可能没有料到,自己的一时诗情,却为后世人奉为经典,成为历代诗选必录名篇。我久久地站在依然云雾缥缈的西林寺前,用心体悟着诗中所描述的意境,终于找到了一点点群山飘动变幻的感觉,不禁喜上心来。

置身庐山,我想起了父亲留给我的书籍中,那本一九六七年人民文学出版社出版的红色袖珍本《毛主席诗词》。薄薄的小册子里收录的

三十四首诗词，与庐山有关的就有两首，足见雄才大略的毛主席对庐山何其钟情与重视。

庐山以其优美的山色、高雅的山魂，自晋代以来吸引了历代无数文人墨客前来游览、休闲、读书、隐居。庐山人得意地统计出了一长串在才学上出类拔萃者的名字：陶渊明、王羲之、谢灵运、欧阳询、李白、杜甫、白居易、颜真卿、柳公权、韩愈、周敦颐、苏轼、苏辙、王安石、陆游、朱熹、唐伯虎、王阳明、徐霞客……文化艺术史上那一个个山一样屹立的名字，共同筑起了诗文庐山的伟岸与辉煌。巍巍庐山，就这样默默地、始终不渝地坚守着那些与自己同样美丽、同样坚强的佳诗华文。

一遍遍地吟诵着那些熟悉的和新识的句子，我不觉迷失在诗文庐山里，找不到下山的路了。

祝圣桥遐思

盛夏时节,热浪灼人。应邀在贵州省镇远古镇采风,最先带给我如沐春风之感的却是一座桥,一座古老的石拱桥。

明代文学家、书画家祁顺畅游此地后发出长叹:"镇远多佳山水或不得游则有为恨者矣。"漫步古镇,果然自然风景秀美,人文底蕴深厚。中国历史文化名城、中国最美的十大古城,镇远名下无虚!踱至城东的舞阳河上,那座已有六百年历史的祝圣桥,深深吸住了我前行的脚步。全桥以青石砌成,桥体表面早已被时光打磨得光洁润泽,古意横流。该桥历经磨难,极富传奇色彩。它于明洪武十一年开工兴建,可是直到崇祯元年才竣工,历时逾两百五十年。随后在洪水的肆虐声中三毁三建,脚下的祝圣桥为清雍正元年重建。只见桥心高矗一阁,曰"魁星阁",三层八角,木柱青瓦,柱角对应,檐角斜挑,亦端庄,亦灵动,蔚为壮观。

文友告诉我,祝圣桥是湘黔古驿道上的重要通道,也是"南方丝绸之路"的必经之地。镇远自秦昭王三十年(公元前二七七)置县,素有"滇楚锁钥"、"湘黔咽喉"之称,自古就有"欲据滇楚、必占镇远","欲通云贵、先守镇远"的说法,曾屯兵达两点八万人。那供奉有白起、王翦、廉颇、李牧四大"东方战神"的四官殿以及石屏山上的古城墙和遍布山岭的关、屯、堡,就是兵家相争的铁证。在两千两百多年的悠悠岁月中,生活在这里的汉、苗、侗各族人民,相互融合、取长补短,你中有我、我中有你,唇齿

相依、共同进步，谱写了一曲曲民族团结的动人乐章。

我自湘西南雪峰山来，对"南方丝绸之路"极度敏感。因为那就是横穿我家乡的湘黔古驿道。不久前，第三次全国文物普查队在我县境内的罗溪瑶族乡进行野外普查时，发现了一条自唐代以来形成的古商道。专家称，"此古道乃历史上上控云贵、下制长衡、扼守洞口罗溪的唯一通道，是湘黔古道中最长的一段。"我曾几次专程拜谒了那幸存于世的十余华里长的古道，路面铺满一块块青石板，逶迤在深山峡谷之间，静守百年，与世隔绝。湘黔古驿道自长沙府至宝庆府西行，穿越雪峰山去往洪江古商城，是湖南连通云、贵、川的要道。

"扫尽五溪烟，汉使浮槎撑斗出；辟开重驿路，缅人骑象过桥来。"这是镌刻在祝圣桥柱子上的一副楹联。玩味联语，让我恍惚看到了这条古驿道上南去的滇缅官贾，北来的朝廷使官以及往来穿梭的各色人等。特别是那标注着"开往湖湘"的缅甸象队驮着货物从桥上从容经过的景象，分外耀眼。我不禁联想起雪峰瑶乡湘黔古道上保存完好的那座风雨桥。木质凉亭，青瓦覆盖，桥旁悬挂一副楹联"清风江上往来人共谈古今，秀水亭中上下客聚会情缘"。生动描绘出了当日古道繁忙的盛景，与此联遥相呼应，竟是这样地富于异曲同工之妙！

什么是湘黔古道？先前在我的心目中，那就是蜿蜒在家乡崇山峻岭的古老青石板路。安静的，孤独的，坚守在湘西南一隅。到了镇远，我才知道家乡的古道、古桥，不是寂寞与孤独的，它与相隔千里的黔东南这桥、这河血脉相连，休戚与共。是黔东南苗家、湘西南瑶家与两地各族人民携手并肩，才共同创造了湘黔古驿道往昔的灿烂辉煌。

审读鼓浪屿

　　人们常说:天有三宝"日月星",地有三宝"水火风",人有三宝"精气神"。在我的心目中,举凡名满天下的人文景观,如同流芳百世的经典美女一般,都蕴含着独有的"精气神"。置身碧海环抱中的鼓浪屿,呼吸着清新的空气,沐浴着灿烂的日晖,抬头低头之间,我在用心寻觅这位"南国美人"跻身全国三十五个王牌景区、位列福建十佳景区之首的缘由,在用心寻觅她的"精气神"。

　　听得导游反复介绍,鸦片战争以后,英、美、法、日、德等十三个国家竞相在鼓浪屿上设立领事馆。与此同时,商人、传教士、人贩子摩肩接踵踏上鼓浪屿。他们立"领事团",建"工部局",设"会审公堂",使鼓浪屿沦为"公共租界"。一些华侨富商也随后登岛,盖大楼别墅,办公共事业。如今,岛上完好地保存着上千座风格迥异的中外建筑,赢得了"万国建筑博览"的雅称。

　　近观绿树掩映的楼房庭院,有飞檐翘角的中国庙宇,有闽南风格的院落平房,有中西合璧的八卦楼,有小巧玲珑的日本屋舍,有十九世纪欧陆风格的领事馆,还有堪称江南古典园林精品的菽庄花园……各具情状,美不胜收。"精",物之精华。我不禁在心里暗自发问,这些建筑不就是鼓浪屿之精华?

　　据厦门报载:鼓浪屿申报世界文化遗产的主题几经推敲,最后确定

第二辑　凝固的丽江古乐

为:社会变革中的历史见证。专家们称,鸦片战争后的一百年内,中国的社会经济文化结构受到巨大冲击,发生了重大变革,西方文化不断融入中国,而这个融合的过程恰好在鼓浪屿上得到了充分的体现。"放眼国内其他城市和世界各国,没有一个地方能够将这些见证历史变革的事物完整地保留下来。"报道与我的设想不谋而合,彻底廓清了我心头的迷雾。

甲骨文的"气"字,是三根长短不一的横线,表示地气蒸腾,直上霄汉。鼓浪屿的气韵在哪里呢?小巷幽深处,路心榕树下,一位头戴牛仔帽、拉着手风琴的中年男子,用《鼓浪屿之波》的优美旋律告诉我,音乐就是鼓浪屿之气。

从十九世纪中叶起,伴随着基督教的传播,西方音乐也融进了鼓浪屿。西方音乐与鼓浪屿优雅的人居环境结合,造就了生生不息的音乐传统,孕育了一批批杰出的音乐家。今日,鼓浪屿的人均钢琴拥有率居全国之冠,素有"钢琴之岛"美誉,岛上音乐世家已逾百户。二〇〇二年,鼓浪屿被中国音乐家协会正式命名为"音乐之岛"。《晋书·乐志》云:"是以闻其宫声,使人温良而宽大;闻其商声,使人方廉而好义;闻其角声,使人恻隐而仁爱;闻其徵声,使人乐养而好使;闻其羽声,使人恭俭而好礼。"现代人则说:热爱音乐,就是热爱生活。原来是音乐让鼓浪屿气韵生动,魅力无限。

鼓浪屿虽小,面积不到两平方公里,但岛上纪念着的名人却有很多,其中古人郑成功、今人林巧稚令我尤为敬仰。

在鼓浪屿东南端的覆鼎岩,有一座巨大的英雄郑成功塑像,高十五点七米,宽九点二米,重一千四百多吨。"郑成功"面朝波涛汹涌的大海,披坚执锐,挺拔刚劲,气势雄伟。从海上远眺塑像,没有人不会缅怀起郑成功的丰功伟绩,没有人不会思念起海峡那岸的宝岛台湾。

在洋溢着红情绿意的毓园,有一座中国现代妇产科医学奠基人林巧稚的立式汉白玉雕像——她身着白大褂,脚穿布鞋,庄重而圣洁。林巧稚一九〇一年生于鼓浪屿。在六十多年的临床生涯中，她接生了五万多个婴儿，被誉为"万婴之母"。她开创的许多医疗方法，至今仍在妇产科临床中沿用。林巧稚终身未婚，却拥有世上最真挚的热爱；没有子嗣，却成为世上最富有的母亲。

"神"是什么？是万物的主宰，是生灵的灵魂。我眼前一亮，郑成功、林巧稚不就是鼓浪屿之神！

找到了鼓浪屿的"精气神"，也就撩开了她的神秘面纱。我想，只要拥有了这样的"精气神"，在祖国辽阔的土地上，哪一个地方不能成为万众向往的胜地呢？

诗意大研

小桥、流水、人家。丽江古城大研如同一位执着的诗人，矢志不渝地长吟在终年不化的玉龙雪山脚下，穿越千年时空。

不见了历史文化名城一律标注的醒目符号——爬满苔藓的城墙，令人耳目一新；"三坊一照壁，四合五天井，走马转角楼"，各式明清特色土木瓦房鳞次栉比尽现眼前，恰似古民居隆重集会，让人眼花缭乱，心驰神往；只有蛇一样匍匐在地上的青石板路，被时光打磨得亮光莹莹，仄着身子从屋舍深处绕出来，摆开欢迎我们的姿势，从容淡定而又不失礼貌热情。

入口处那架高大水车，"咕吱、咕吱"独自舞动着、旋转着，俨然沉着世故的礼宾老人。古色古香的水车旁立有一块时尚大屏幕，正在播放着

当地流行曲目《纳西酒歌》。那别样的旋律,悠扬婉转,荡气回肠,强力唤醒着来客们藏于心底的酒欲。

初晤古城,我便被她那扑面而来的诗意一举擒获。

水是大研的诗魂。那汩汩的清流,源自神秘莫测的黑龙潭,在城头诗句般一分为三行。三水入城,穿墙过房。倏地,历史重演,三分成九。最后,眼见得无数条水渠魔术般地从天跌落,密如蛛网,掌控全城。

"家家门前绕水流,户户屋后垂杨柳。"这是大研吟出的充满自豪的诗句。是的,这里主街傍河、小巷临渠,水边杨柳垂丝、柳下古桥飞架,旖旎风情一点儿不逊于江南水乡。"高原姑苏"、"东方威尼斯"韵味十足,的确名不虚传。

"丽郡从来喜植树,山城无处不飞花。"这也是大研吟出的满含骄傲的诗句。是的,这里街道、庭院遍种四时花木。举目四顾,娇媚的鲜花早已烂漫地开遍了纳西人家。

徜徉在大研,我时时刻刻被她那汹涌澎湃的诗意团团包围着。

小桥卧波,倒影成眼。在古城内的玉河水系上,竟然建有三百五十四座桥梁,其密度高达每平方公里九十三座。超人的气魄,不凡的手笔,让我为之惊呼!睹物思情,我突发奇想,那水灵灵的"眼"儿不正是大研敬献给"读者"的诗眼吗?

穿街走巷,曲径通幽。但见古城布局灵活多变,不拘一格,民居、集市、道路与水系组合聚散有序,搭配匠心独运。兼有花鸟虫鱼、琴棋书画、奇异风俗高调点缀,更是妙趣横生,魅力凸显,诗意盎然。

彩石铺地,四通八达,晴不扬尘,雨不积水,是古城心脏四方街的生动写照。这儿是茶马古道上最重要的枢纽站,清水洗街、日中为市,沿袭至今,长盛不衰。置身其中,仿佛步入了"清明上河图",令人不知今夕是何夕,诗兴勃发。

民族团结的诗篇,多少个世纪前就已经在这里昂扬唱响。万古楼,古城的标志性建筑，东巴文叫"千年万代楼"，号称"中国木结构建筑第一楼"。那飞檐翘出的十三角，象征着玉龙雪山的十三峰；那精心雕琢的两千三百幅吉祥图案，象征着境内居住的二十三个民族。巍巍古楼昭告天下，玉龙雪山哺育的各民族兄弟世代亲如一家，风雨同舟共济，誓创和谐幸福的新生活。

那"一步三眼井"的水，委实神奇，不由人不叹为观止。一眼为甜，一眼为苦，一眼为咸。咫尺之内，人生况味尝遍，演绎出一首无可颠覆的经典哲理诗章。

夜色降临，《纳西酒歌》诱引的酒念膨胀欲裂。喝酒去吧！霓虹灯闪闪烁烁，店老板笑容可掬。分明回到了迢遥千里的家园，真真切切的亲情在纳西酒吧熊熊燃烧，自由自在，畅快淋漓。

离开大研好些日子了，我仍然深深陶醉于她的美丽诗意。总在恍惚中，又走到了那明代营造的石拱桥上，又看到了"家家流水、户户垂杨"，又听到了那身着靛蓝衣服、头戴八角帽的老人悠然哼唱的《纳西净地》，又坐到了那温暖如家的纳西酒吧……

三亚看海

常听从海南游览回来的朋友盛赞："三亚归来不看海，除却亚龙不是湾"。于是，我欣然踏上了三亚看海之旅。

在三亚，我最先看到的海是鹿回头公园那令人心动的"情海"。爬上

位于珊瑚崖顶的公园,山坡上那高高矗立着的高十二米、长九米、宽四点九米的巨型雕塑紧紧攫住了我的心。美轮美奂的塑像向人们讲述着一个美丽的传说:很久很久以前,有一个残暴的峒主,想得到一副名贵的鹿茸,便强迫黎族青年阿黑上山射鹿,一天,阿黑终于碰上了一只美丽的花鹿。但花鹿正被一头凶猛的斑豹追赶着,阿黑勇敢地将斑豹射杀掉,然后朝花鹿穷追不舍,一直追了九天九夜,翻越了九十九座大山,来到了三亚湾南面的珊瑚崖上。面对无边无际的南海,花鹿已无路可去。当阿黑搭箭弯弓之际,花鹿突然变成了一位美貌无比的少女,含情脉脉地回头凝视着阿黑。情投意合,他们请天地作证结为了夫妻。然后,鹿姑娘去叫来一帮鹿兄弟,打得峒主落荒而逃。于是,他们就定居在这山崖上,繁衍生息,并将珊瑚崖逐渐建设成了美丽的家园,"鹿回头"因之得名,三亚也因之有了"鹿城"之称。站在鹿回头公园临海山顶,俯瞰浩瀚的大海,脚下靠岸处波翻浪涌,似朵朵盛开的白莲花在风中摇曳摆动,眼花缭乱的我看见的却是美丽的鹿姑娘在翩翩起舞;远处苍穹飘然沉入蓝海,融为一体,恍惚之中的我看见的却是阿黑与鹿姑娘在缱绻相拥。我怕打扰了他们千年的相会,悄悄离开了驻足观看的临海那面。

在三亚,我看到的最为热闹的海当数亚龙湾的"人海"。亚龙湾气候宜人,风光优美,青山连绵起伏,海湾波平浪静,平展的沙滩洁白如银,湛蓝的海水清澈若镜。亚龙湾度假区,是一九九二年十月经国务院批准建立的我国唯一具有热带风情的国家级旅游胜地。亚龙湾最负盛名的是沙子和海滩,那满滩的沙子细白均匀,晶莹洁净,手感极佳;那沙子铺就的海滩柔软细腻,绵延八公里,为美国夏威夷海滩的三倍。置身其间,只见蔚蓝色的天空与湛蓝色的大海在远方和谐相接,深邃邈远;呈弧形状的海湾闪耀着夺目的蓝光,格外吸人眼球。放眼亚龙湾,人山人海,人若海潮,海上漂浮、击浪的是人,沙滩静躺、跃动的是人。不知不觉中,有一种忘我的冲动便会迅速涌上你的心头。看沙滩上袒胸露背的老妪老翁那旁若无人的悠然神态,浪花里不计遮拦的靓女俊男那兴高采烈的狂欢表情……人们早把平日的矜持风度顾忌俗念抛至九霄云外了。随着人流我也毫不迟疑地脱去了衣衫,忘情地投身到大海的怀抱,触海那一刻,我忽觉得自己成了大海的儿子。

在三亚,让我最刻骨铭心的海还是那名扬中外的天涯海角的"史海"。古时候,海南人烟稀少,荒芜凄凉,交通闭塞,是封建王朝流放"逆臣"之地。贬至这里的人,归去无路,望天思乡,望海兴叹,故谓之"天涯海角"。出三亚市区沿海滨西行二十六公里,到达马岭山下,便进入椰树与海风、礁石与浪潮、色彩与天空实现黄金组合的天涯海角景区。来到岸边,远眺海面,水天一色,烟波浩渺,帆影点点;近观海岸,椰林婆娑,潮起潮落,奇石林立,分别镌刻着"天涯"、"海角"和"南天一柱"等题字的巨石雄峙海滨。我赤脚走向不时处于潮水冲击中的擎天巨石,张开五指虔诚抚摸那沧桑的岩面,手上轻微的刺痛感此时却格外真切。唐朝谪相"一去一万里,千之千不还"的悲鸣,宋代贬臣"区区万里天涯路,野草若烟正断魂"的哀叹,让我在反复吟咏中陷入沉思。海风劲吹,涛声震耳,我仿佛听见流放于此的贤良忠勇之士在怅然长叹,在呐喊高呼。我忽然感觉到双手摸着的不是南海亿万斯年的礁石,而是热血先辈矢志报国的铮铮铁骨,是中华民族悠悠千载的厚重历史。可眼前站在这天涯海角的三三两两的人群却不是唐宋元明清的贬官逆臣,分明是兴致勃勃的旅人,但见他们眼望大海,个个心旷神怡,人人春风满面,哪有一点抑郁之态,哪有一丝忧愁之色。我知道,只因他们是生活在盛世的当代中国人,只因中国大地早已"换了人间"。天涯海角的海就这样以其绝世景观和人文底蕴,一举取代了我那久存于心的虚幻的"天涯海角"的海。

第二辑

凝固的丽江古乐

匆匆西湖行

　　在杭州入住宾馆简单地用过早餐后,我们一行人兴致勃勃赶往西湖游览。

　　进得西湖公园内,径直奔向苏堤,画一样的景物便呈现在我们眼前。一道湖堤静静地卧于碧波之上,将南面的南屏山与北边的栖霞岭连为一体。长堤伸展,六桥起伏,九亭点缀,勾勒出一弯无比妩媚的风景线。"水光潋滟晴方好,山色空蒙雨亦奇。欲把西湖比西子,淡妆浓抹总相宜。"北宋大诗人苏轼那首著名的《饮湖上初晴后雨》无声地读响在我的心头。元祐年间,苏轼担任杭州知州,其时西湖淤积严重,为顺应民意开湖蓄水,他断然决定全面疏浚西湖。苏堤就是利用疏浚工程挖出的葑泥构筑而成的,全长约三公里。后来,感恩戴德的人们将此堤命名为苏堤,又称苏公堤。迈步大堤、小桥,湖山胜景如画卷般尽数仰面展开,千万种风情,任游人欣赏。大家的情绪一齐调动起来了。"何处黄鹤破暝烟,一声啼过苏堤晓"、"乱花渐歌迷人眼,浅草才能没马蹄。最爱湖东行不足,绿杨阳里白沙堤。"……所有能够记起的吟诵西湖的诗句,在我们的嘴里接连蹦了出来。一时,我们恍惚变成了一支朗诵的队伍。

　　断桥到了。在西湖众多的大小桥梁中,数其名气最大。据说,早在唐朝时断桥就已建成。明人的《西子湖拾翠余谈》文中有一段评说西湖胜景的妙语:"西湖之胜,晴湖不如雨湖,雨湖不如月湖,月湖不如雪湖……

能真正领山水之绝者,尘世有几人哉!"江南杭州,气候温暖,少有雪期,因而断桥雪景便成为难得一见的稀世景观。今日的断桥,是一九二一年时重建的拱形独孔环洞石桥,长八点八米,宽八点六米,单孔净跨六点一米。断桥正好处在西湖外湖和里湖的分水线上。我们伫立在断桥桥头,放眼四望,高天低湖,远山近水,尽收眼底,妙不可言。当我低下头来凝望着在荧屏上不知阅读过多少次了的青石桥身,默默背诵起令人扼腕长叹的"断桥相会"神话传说,我情不自禁地伸出手去,在它痴情不渝的臂膀上轻轻地来回抚摸。我本知道《白蛇传》是古人虚构的一个凄美的爱情故事,与《梁山伯与祝英台》、《牛郎织女》、《孟姜女》并称中国四大民间传奇故事。可此时此刻,当断桥的气息真切地传进我的体内时,我倒满心实意地希望那是一段真实的人间旧事。

很快来到柳浪闻莺处,湖堤千米,岸柳成行。"短长条拂短长堤,上有黄莺恰恰啼。翠幕烟绡藏不得,一声声在画桥西。"我们在朗诵中前行,在前行中朗诵,颇是轻松愉快。走着走着,湖边通幽的曲径处,仙女下凡般突然现出一群年轻女子,她们一袭的白衣白裤,虽然穿戴朴素,举止文静,却个个青春洋溢,美丽不让影星。我们的目光顿时被她们磁石吸铁般套牢。一瞬间,谈笑声没有了,脚步声没有了,空气似乎也凝固了。短短的两三秒钟后,唯见调皮惯了的阿张甜蜜蜜地叫着"白娘子",独自走向前去与她们搭讪。出乎我的意料,她们对阿张却是热情相迎,激情飞扬的阿张竟与她们谈得十分投机。原来,她们是当地一群戏友,在这儿举办"野外学戏沙龙",现场学演《白蛇传》片段。待离开她们走得远了,大家半开玩笑半怀嫉妒地要阿张请客。出园后,阿张果真给我们每人赠送了一包西湖龙井。他郑重声明,大家可是托了"白娘子"的福啊。

不知不觉间,我们跨进了曲院。曲院原是南宋朝廷开设的酿酒作坊。南宋时有诗赞道:"避暑人归自冷泉,埠头云锦晚凉天。爱渠香阵随人远,行过高桥方买船。"明朝人也留下诗篇:"古来曲院枕莲塘,风过犹疑酝

第二辑

凝固的丽江古乐

酿香。尊得凌波仙子醉,锦裳零落怅新凉。"如今的曲院已演变成一处具有浓郁江南气息的小小庭院了,门前湖面上漂浮着满眼的荷叶。小巧玲珑的庭院,看上去古风仙韵犹存。听园中工作人员介绍说,池中精心栽培了上百个品种的荷花。我立时记起了诗句:"接天莲叶无穷碧,映日荷花别样红。"可眼前绿意漫涌,唯剩田田荷叶,不觉又想起了朱自清的《荷塘月色》。可惜此时是白昼,没有那流水一般的月光,否则,一幕朱氏荷湖月戏就会悄悄上演在我们的面前。我这样想着独自走到了水边,试图在荷叶上寻觅那逝去的风景。

午餐时间到了,陪同游览的接待人员向我们征询就餐意见。大家异口同声地选择:就在这园内的湖畔小店吧!根据我们的要求,园内服务人员立即张罗着搬凳摆桌、递杯倒茶。一会儿工夫,她们就从园门外端来了热气腾腾的饭菜和本地产的鲜啤酒。我们置身这如诗如画的人间仙境,津津有味地品尝着可口可心的西湖特色饮食,大家都说比起在杭州城里用过的上千元的高档餐,感觉要好上百倍。是啊,以前只有在梦里和电视上才能相见的西湖,今日却能大模大样地坐在她的身旁,悠闲地满足着自己的眼欲、食欲,这怎能不让人滋生甜甜的情愫,发出长长的感叹。

午餐过后,我们乘船前往三潭映月。三潭映月岛又名小瀛洲,与湖心亭、阮公墩合称为"湖上三岛"。全岛连同水面在内总面积约有七公顷,南北有曲桥相通,东西以土堤相连。桥堤呈十字形交叉,将水面一分为四,水面外围则是环形堤埂。直到步入九曲平桥,我们才逐渐放慢了脚步,尽情地观赏这静止的岛、亭、塔、堤、桥与那灵动的碧湖水、白云天组成的江南独特景致。大家歇歇看看,说说笑笑,拍照留影,好不惬意。

由于公务在身,偌大的西湖,我们只能腾出大半天的时间去接受她博大文化、绝世秀色的熏陶。匆匆的行程,浮光掠影,顾东难顾西,不仅是传颂了七百多年的"西湖十景"无法去一一领略,而且就连步履所到之处,也不能一一细加品味,我们对此无不心感遗憾。但待我慢慢地将一路所见所闻在脑海中放了一遍电影之后,却惊喜地发现自己已是收获累累了。

因为:古老苏堤,我们用脚丈量过了,的确很长很长;

因为:铮铮断桥,我们用手抚摸过了,的确很铁很铁;

因为:柳浪闻莺,我们用耳谛听过了,的确很脆很脆;

因为:俏"白娘子",我们用心感受过了,的确很亲很亲;

因为:三潭映月,我们用眼临摹过了,的确很美很美;

因为:西湖餐饮,我们用身与心品尝过了,的确很香很香;

…………

匆匆西湖之行,依然甜美圆满!

九寨那对姊妹花

水,九寨的活精灵、藏家的保护神。点点滴滴、丝丝缕缕的九寨水仰着天地之光、汲着日月之华,亿万斯年终于孕育出了一对国色天香的姊妹花——姐姐名翠海,妹妹叫叠瀑。她们恒久生活在九寨世外桃源的日子里,无忧无虑,率性本真,仪态万方,妙曼无比。

九寨的湖泊取名海子,百余个身披翠绿衣裳的海之子遍布九寨的峰峦山谷。或傲然独处,或恬然群居;或粗犷惊心,或娟秀动人;或以色彩称雄,或以倒影取胜。翠海,那可是一群栖息于峰岭壑谷之间的藏家女儿。

你看!芦苇海中芦苇丛生、清溪碧流、波光粼粼,清风徐来、漾绿摇翠,一派泽国风光。哦,那不就是翠海中的凌波仙子!

第二辑 凝固的丽江古乐

树正群海数十个大小海子犹如珠联玉串。柏、松、杉……密布四周,绿树绿得青翠,蓝水蓝得浓烈。更有那树在水上生、水在树中走、山、水、树浑然一体,好一道仙府帝苑的瑰丽盆景。哦,那不就是翠海中的形象大使!

长海果真是颀长的女子,姿色也最为养眼。近处绿水,阳光照底,高原鱼族结伴游弋;远方蔚蓝,波澜不惊,却蓝得使人目光迷离;湖畔彩林,巍峨雪山,轻映水中,活脱脱一幅巨型油彩画作。哦,那不就是翠海中的时装名模!

五花海被誉为"九寨之精华"。湖水斑斓多彩,翠黄、嫩绿、墨绿、浅蓝、湛蓝、孔雀蓝……次第登场;两岸树叶交织成锦,火焰般流金吐彩。天光、山色、湖影辉映成趣,精彩绝伦。哦,那不就是翠海中的演艺明星!

犀牛海晴时碧,阴时蓝,着色极富变化。待到朝夕之时,只见云雾入水,水含云雾,亦真亦幻,神秘莫测。哦,那不就是翠海中情窦初开的邻家娇娇女!……

九寨的瀑布层层叠叠,数不胜数,有的如玉带曼舞,有的若银河天落,各具情状,相得益彰。叠瀑,那可是一群跃动在悬崖峭壁之上的藏家女儿。

珍珠滩瀑布从天而降,直冲谷底,激流猛叩,吼声如雷,卷起浪花千堆。最妙是片片水花溅起,阳光下似珍珠撒落人间。其恢宏气势,雄居叠瀑鳌头。哦,那不就是叠瀑中动人心弦的大家闺秀!

树正瀑布最为娇小玲珑。水流似帘,轻盈飘逸,恰似天女散花,婉约之美沁人心脾。哦,那不就是叠瀑中温柔可人的小家碧玉!

诺日朗瀑布水势浩大,飞流直下,阵阵寒意倏地深入旁观者骨髓。朝阳下但见道道彩虹横悬空谷,唯剩迷人风姿,美不胜收。哦,那不就是叠瀑中咄咄逼人的冷傲公主!……

置身九寨,低头见翠海姐姐,抬头见叠瀑妹妹,让人大饱眼福,心旌摇荡。九寨那对姊妹花哟! 灵动与娴静相融,刚烈与温柔兼济,浓妆与淡抹互补,极尽人世女儿之美。

武夷精舍忆朱熹

十一月二日，我们来到了福建游程的最后一站——武夷山。

一进山，硕大的宣传牌便矗立眼前——这里是世界自然与文化双重遗产地。蛮骄傲的语气，蛮自豪的架势，让腿脚酸软的我不知不觉有了先睹为快的冲动。在山门口，听完导游的介绍，便独自溜进了景区。"武夷精舍"四个大字镶嵌在高大石牌坊的中央，引领我径直前行。

武夷精舍是——八三年朱熹亲自擘画、营建的书院，时称"武夷之巨观"。朱熹是继孔子之后中国历史上最伟大的思想家、哲学家和教育家，他集孔子以下学术思想之大成，构建了完整的儒学思想体系——朱子理学，成为中国封建社会后期七百余年间的正统思想。国内外学者普遍认为，在中国文化史、思想史、教育史上影响最大者，前推孔子，后推朱熹。

朱熹创办的书院，当然是我的首选之地。只见右边山坡上立着一块大石头，上书"朱熹园"，字体是绿色的，散发着诱人的气息，我抬腿沿着石阶爬上坡去。上得坡来，展现在眼前的是一块不大不小的平地，分左右两园。右园立着桀骜不驯的朱熹头像雕塑，左园列着朱熹与众学者切磋讨论的群雕。绿茵茵的草地上，阳光朗照，有几只蝴蝶在翩翩追逐。园子里跃动着求知的渴望，闪耀着思想的光芒。我好想与先哲们交流一番，但随团游览，时间不由我支配，只得匆匆来去。

下坡走向书院的大门，康熙皇帝金笔御赐的"学达性天"牌匾高高

地挂在横梁上。"学达性天"那是理学思想的最高境界。穿过大门,第一进横梁上悬挂着"静中气象"牌匾,动静关系是朱子理学的一大主题。屋内立有一破损的竖碑,虽然高过人头,可惜字太小,看不清楚,兼有围栏把守,不能近旁细读。书院第二进,那是朱熹讲学的地方,门梁上金光闪闪的"理学正宗"牌匾昭示着朱子理学的历史地位。里面正中是朱熹讲学的雕塑,身后是孔子挂像,墙上贴着"忠孝廉节"四个分开的黑色大字,两边整齐地排列着一些课桌。几个游人忙不迭坐进桌去,摆着姿势留影。我知道,他们是想沾些灵气回去。

朱熹在武夷精舍著书立说、倡道讲学达十年之久,培养了大批理学人才,因此他创办的武夷精舍备受封建统治者的重视,历代都曾加以修葺、增扩。至今残留的精舍遗址,则是清康熙时期修建的。原建筑已毁,仅遗存两庑,现在的书院是二〇〇一年复建的。不知是有意为之还是偶然巧合,左右两庑同时留下了一堵残缺不全的泥草墙,深锁在玻璃门内,仅供游人隔窗瞻仰。在两堵残壁前,我看见墙下满铺着鹅卵石,石子泛着暗光,似乎在诉说着古代学子的艰辛与勤奋。

武夷精舍是朱熹完成皇皇巨著《四书集注》的地方,也是以它为教材成功实践自身教育理念的私立学院,在中国教育史上占据重要的位置。朱熹十四岁到达武夷山,先后在这生活了五十一年。朱子理学在这里得以孕育、形成、发展和传播。正如世界遗产委员会对武夷山的评价:"这里也是中国古代朱子理学的摇篮。作为一种学说,朱子理学曾在东亚和东南亚国家中占据统治地位达很多世纪,并在哲学和政治方面影响了世界很大一部分地区。"由此可见,朱熹及其创立的理学,为武夷山入选世界自然与文化遗产名录,起到了举足轻重的作用。

朱熹心怀天下,满腹经纶,却一直在地方做着小官,虽曾入朝任侍讲官,却因过于耿直得罪了皇上,仅仅干了四十天时间。任地方官期间,他力主抗金,恤民省赋,节用轻役,限制土地兼并和高利盘剥,政绩显赫。他更是一个对贪官污吏疾恶如仇的人，发现当朝宰相的一位姻亲官员有贪腐行径，他不惧宰相淫威，接连六次上书弹劾，直到使其被罢官回家。

就是这样一个圣者，武夷山人却给他戴上了世间不雅的帽子。进入景区时，左边山上有座像我们雪峰山区土地庙一样的矮小建筑。导游拿腔拿调地说，那是狐狸洞，住着朱熹的小情人耶。

传说，一天夜里，朱熹在天游峰下的小亭子里独自对月饮酒，突然冒出一个名叫丽娘的妙龄女子，于是，相伴对饮。日久生情，两人便过起了恩爱生活。其实，丽娘是一只修炼千年、得道成精的狐狸，她怕失去朱熹，一直不敢告知自己的身世。

有一对心地歹毒的乌龟精夫妇，嫉妒丽娘的法力，乘丽娘外出的时候，就将其真实来历告诉了朱熹，并教给了他辨别的方法。朱熹依计行事，半夜里果然验明了丽娘的身份。丽娘从梦中惊醒，她鼻梁上长出的水晶条掉落在地，化为齑粉。丽娘掩面痛哭，说水晶条是她千年修行的魂魄所在，失去了魂魄，自己就不能再在人间生活了。

诡计得逞，乌龟精不觉失声大笑。朱熹闻声来到窗前，老乌龟夫妇落荒而逃。他愤然拿起桌上的毛笔，迅速抛掷过去。于是，老乌龟夫妇就变成了两坨石龟。

丽娘死后，安详地躺在了那座小庙里面的百花丛中，朱熹悲恸万分。

因为刚正不阿、操守弥坚，朱熹从政虽只有短短的十来年时间，却也得罪了不少达官显贵。一俟有机可乘，他们就无中生有地诬陷他、打击他，有人上书朝廷数落他"虐待老母"、"诸子盗牛"等十大罪状，惹得皇帝斥责理学是"伪学"，朱熹是"伪师"，理学学生是"伪徒"，使理学一时陷入绝境。朱熹晚景甚是凄凉，从前四处大建书院的他，老来竟然连一间遮风避雨的茅舍都无力为之。凄风苦雨中，贫病交加的朱熹心有不甘地永别了他一生为之奋斗的讲堂。

说老实话，我中学读的是数理化，后来学的是打算盘的买卖，对传统

文化知之甚少。对朱熹、朱子理学那是闻所未闻,就连朱熹脍炙人口的《春日》诗:"胜日寻芳泗水滨,无边光景一时新。等闲识得东风面,万紫千红总是春。"也是在工作之后才读到的。

是游览岳麓书院,我才知道了朱熹的那些故事。一一六七年,朱熹第一次来到岳麓书院,与山长张栻举行了教育史上的千古佳话"朱张会讲",首开了长沙书院的会讲之风。晚年的朱熹再次来到长沙任职,公务繁忙中将颓败的书院全面修缮,使其重放光彩。一直悬挂在书院的"忠孝廉节"匾额,就是当年的明证。朱熹希望"忠孝廉节"的思想在湖湘大地代代传承,不断发扬光大。从那以后,我对朱熹不仅了解日多,而且崇敬日深。

伫立在隐屏峰下,睹物思人,我感慨万千:诚然,武夷山是朱熹的福祉,没有武夷山也许就没有今日的朱熹;可是,朱熹又何尝不是武夷山的福祉,没有朱熹谁敢断言一定就会有今日的武夷山?

黄山观松

登临黄山,亲眼见到了在图片上、荧屏里早已熟悉的黄山松——那针叶短粗、叶色浓绿、冠平如削、单向伸枝的另类松树。它们在谷底成群结队,气势磅礴,蔚为壮观;在峰巅独自屹立,劲节贞心,摄人魂魄。清代黄山僧人海岳在《黄山赋》中写道:"黄山奇松多矣!有负石绝出,干大如胫,而根盘以亩计者;有以石为土,其身与皮干皆石者;有卧而起,起而复卧者;有横而断,断面复横者;有曲者如盖,直者如幢,立者如人,卧者如虬,不一而足。"这位出家人的确没有打诳语,兴奋之情顿时溢满全身。

黄山最美妙的观松点,当属被明代伟大的地理学家、旅行家和探险家徐霞客称之为"黄山绝胜处"的玉屏楼。楼前峭壁上"迎客"、"陪客"、"送客"三大名松雄峙左中右三方,遥相呼应,描绘出一幅幅天地松林绝景。立于玉屏峰顶的迎客松,远远望去,恰似一位好客的山人,正张开着双臂热情迎接四海宾朋。有诗赞曰:"奇松傲立玉屏前,阅尽沧桑色更鲜。双臂垂迎天下客,包容四海寿千年。"黄山松以天下绝版的造型美冠绝天下松,而迎客松以包容天下的人性美冠绝黄山松,一举成为黄山标志性景观,它不仅被黄山人视为了山宝,更被中国人视为了国宝。于是,迎客松的倩影走进了中国各族人民的心中,走进了北京人民大会堂。如今,伴随着黄山旅游事业一步步做大做强,它早已走出了国门、走向了世界,跻身于世界自然遗产之列,成为地球之宝。

"顶风傲雪的自强精神,坚忍不拔的拼搏精神,众木成林的团结精神,百折不挠的进取精神,广迎四海的开放精神,全心全意的奉献精神。"游人置身黄山,不仅能感受到黄山松无与伦比的大美,更能从中感受到这种伟大的精神——黄山松精神。就在我惊叹于一株又一株、一群又一群黄山松的时候,导游却告诉我,先前生长在玉屏峰右侧路边的送客松由于自身树龄老化、立地条件恶劣、异常气候和木腐菌入侵等原因,以四百五十岁的高龄于二〇〇五年底寿终正寝。眼前这株以莲花峰为背景的送客松芳龄仅为两百岁,是二〇〇五年选定的替代树。黄山名松也有生老病死,也要新陈代谢?虽然我深知新陈代谢是不可逆转的自然规律,但我仍然本能地拒绝这一残酷的现实。在我的心目中,黄山松具有天地间最为顽强的生命力,应该与日月共荣、与天地同岁。不是吗?你看,这柔弱的黄山松种子随风飘进花岗岩的罅隙中,却以决不言弃的信念、柔定克刚的气概,扎在那儿生根、发芽、长大,历经千百年亦绿意盎然、朝气蓬勃。我满怀惆怅,下意识移步向前,抬头审视起这黄山名松中的"美少女"来。"岩前倩影侧枝伸,青翠容颜满面春。黄海大夫真好客,天天挥手送游人。"不幸之中的万幸,"美少女"倒也十分契合诗人赞美前任送客松的美好意境。

古语云:"亡羊补牢,犹未为晚;亡羊而不补牢,悔之晚矣。"也许是见我情绪突变吧,导游跟过来介绍说,为使黄山现有千余株古树名木能够最大限度地延年益寿,黄山人痛定思痛,遍寻良方,终于找到了一条科学发展之路——聘请知名专家常年对它们的生长环境、分布规律、土壤特征等进行规模普查;对列入世界自然遗产名录的五十四棵名松确立日常监护与技术管理负责人,实行分级挂牌管理;每年,邀请全国著名古树名木专家对生长衰弱者进行"会诊",及时采取复壮措施助其重现生机。与此同时,为了能持续满足中外游客对于传统名松观赏的需求,自从原送客松不幸枯死以后,黄山人便加快了寻找古树名木"替身"的步伐。导游欣喜地告诉我,黄山所有古树名木均已找到了替代树,譬如目前发现的迎客松最佳"替身"就长在莲花峰背后的悬崖旁,与原树几无二致。闻听此言,我这颗为不忍黄山松难逃自然宿命而变得紧蹙的心,终于得以释然。

当惊世界殊

　　站在从奉节开往宜昌的轮船前端,长江上的万千景物便清清爽爽走进了我的耳目——两岸城镇新楼林立、村组院落整洁,到处是逶迤伸展的新修公路,到处是赫然醒目的水文标志;一座座巨型钢索桥横卧江面,桥上车辆往来穿梭,江中轮渡汽笛声声,好一派繁忙气象!

　　随着船儿劈波前行,脚下江面恍如一块绿布徐徐展开,连绵不断。一小时,两小时……看得久了,我总觉得少了点什么似的。"素湍绿潭,回清倒影。绝巘多生怪柏,悬泉瀑布,飞漱其间。清荣峻茂,良多趣味。""林寒涧肃,常有高猿长啸……"初中课文郦道元《三峡》的诵读声在耳边由弱渐强。哦,明白了! 是少了朝思暮想的急流险滩、巉岩飞瀑,是少了翘首期盼的粗犷悠长的船工号子、悲哀婉转的猿猴啸声。

　　心怀惆怅的我拖着疲乏的双腿回到船舱,轻轻嘘了一口气,无意中惊动了邻铺。"兄弟,叹啥子气嘛!"一句地道的四川话朝我飘来。循声望去,是一位满脸皱纹、肤色黝黑的老农。我正想找个熟悉三峡的人讨教讨教,不曾想倒自己送上门来了。我俩自然而然聊到了一块。

　　从老人家的介绍里,我知道了眼前这宽阔的江面原本有无数窄窄的

险滩,千百年来,不知有多少船夫和往来百姓为了生计而撒手于这片江天。直到新中国横空出世,改革开放应运而生,"截断巫山云雨,高峡出平湖",才彻底还了这片江天以和谐、以欢笑。是啊,伟大的三峡工程承载了中华民族的百年梦想!早在一九一七年,孙中山先生的雄文巨制《建国方略》明确提出了在三峡"以水闸堰其水"的构思。一九一九年九月十八日,上海《申报》第一次以"中国宜利用水力说"为题,对建设三峡水库的设想做出了报道。近代以来,无数仁人志士为了三峡水库上马殚精竭虑,奔走呼号。

顺着话题,谈锋很快剑指曾备受世人关注的库区百万大移民工程。老人家抿抿嘴唇,清清喉咙,深情地说,多少乡亲为了三峡工程的建设与三峡库区的发展,忍痛举家离开了祖祖辈辈生于斯、长于斯的温暖故园。在巫山县,有一次四百多名外迁移民乘船离乡,当轮船拉响告别汽笛之际,男女老少齐刷刷地跪倒在甲板上,面朝故土磕头不止,热泪泉涌……此时此刻,在他的眼里分明可见莹莹泪光。

老人家接着告诉我,进入新世纪,结对帮扶、重点帮扶、定期帮扶、项目帮扶等搞得是热火朝天,三峡地区的发展比以往任何时期都要快。他家的小日子也已过得相当的红火,女儿在村办工厂上班,儿子跑起了汽车运输,家庭年收入逾十万元。现在,他唯一牵挂着的就是那些远迁省外的亲戚朋友。这次,他是专程去看望迁往湖南的大老表。大老表年届花甲,一名老共产党员,当初在老家时种植了一片柑橘林,办起了一家小酒厂,长期为吃饭穿衣发愁的贫寒之家终于有了余钱剩米。就在一家人憧憬着美好未来的温馨时刻,县、乡政府派人上门来做迁居动员,表嫂一听急得哭肿了眼,可老表却认真劝导全家人:"哪方水土不养人?再创家业不就是苦一点、累一点。给咱三峡做牺牲、做贡献,值!"当即第一个报了名。在老表的带动下,村里的移民户纷纷主动外迁,给全乡、全县树起了一个榜样群体,影响很大。老人十分钦佩老表当日的大义之举,并一直在人前人后引以为傲。说到此处，他指指鼓鼓囊囊的几个袋子说，这些都是给老表他们捎带过去的正宗家乡土特产。

"神女应无恙，当惊世界殊。"近一百三十万移民告别故土，复建房屋五千万平方米，关破、迁建工矿企业近两千家……三峡大移民，镌刻在世纪之交的一部雄浑壮阔的中华史诗。一位外国首相赞曰："世界上百万人口以下的国家有二十几个，百万移民，相当于搬迁了一个国家！"为了国家的利益，为了乡亲的幸福，刚刚过上好日子的花甲老人自愿背井离乡，再次创业，这需要多么巨大的勇气，多么宽广的襟怀呀！他，以自己的实际行动展示了新时期中国农民的光辉形象。正是由于有了千千万万个普普通通的三峡老农和三峡老表，一场人类水利史上最为伟大的迁徙蓝图才得以在中华大地如期化为现实，让世界为之惊叹、为之喝彩。

老人家在絮絮叨叨中沉沉睡去了。我却睡意全无，格外清醒。于是，披衣走向舱外。

夜深深，早已辨不真切四围的事物了，只有顶上的夜空尚有几颗星儿在闪烁。我独自伫立在甲板上，任凭晚风抚摸我的脸颊，凉意浸润我的躯体。"自三峡七百里中，两岸连山，略无阙处。重岩叠嶂，隐天蔽日。自非亭午夜分，不见曦月……"郦道元的句子又隐约回响在耳畔。不错，郦道元的确用眼睛发现了古老三峡令人神往的风光美，而我却是用心灵感受了今日三峡感人肺腑的人情美。比起郦道元来，我不知要幸运多少倍！

第二辑 凝固的丽江古乐

痛在太行

　　览胜归来,在人们的心底留存下的总会是愉悦的回忆。可这次我到太行奇峡群游览,却不是这么回事了。

　　太行奇峡群位于河北省邢台市西南面的路罗镇贺家坪村,距市区仅六十五公里,素有"世界奇峡"之美誉。放眼深秋的太行山,绵亘不绝,骨感逼目,绿色深藏难露,面容冷峻庄严,一副血性男人的样子,这让生活在湘西南雪峰山区看惯了秀山柔水的我,有一种格外新鲜的感觉。

　　走下汽车,首先登上了一个小山坡,一块上书"八路军被服厂遗址"的小铁牌映入眼帘,那牌子在绿树丛中只露出半张脸来。"这里曾经建过八路军一二九师的被服厂,后来被服厂被日本侵略者捣毁,全体战士以身殉了国。"导游的介绍三言两语。我却步刚欲追问,转瞬之间她已离我很远了。

　　偌大的平台上,此时已没有了一丝一毫的当日痕迹。但其四围栽种的青松翠柏,那郁郁葱葱的景色分明向我传达着人们对先烈的怀念之情。我还没来得及弄清楚那块牌子上全部的内容,看清楚遗址的具体情况,便从山坡上面传来催促我跟上的声音。我不得不抬腿追赶队伍。

　　进入景区,奇峡幽谷,峭壁丹崖,飞瀑悬练,各具特色的景点一一向我招手,可我怎么也提不起欣赏这天下绝美山色的兴致。鬼使神差,山下那处空旷的坡中平地、那块掩映在松柏树里的铁牌老是在我的眼前晃来晃去,驱之不散。

在山上吃过午餐，我迫不及待地离开队伍，下到了山脚。没有了导游火急火燎的带路和同伴七嘴八舌的打扰，我静静地站在了那块坡地的入口处，开始细细打量眼前的一切。

正对着遗址，右端是一棵参天的板栗树，叶落已尽；左边有一棵核桃树，同样的高大壮阔，光秃秃的枝丫直刺苍穹。那屈曲错杂的枝丫一律向上生长的姿态，让我感到了一种不屈不挠的气势扑面而来。

沉思之际，路边一位卖核桃、柿子等土特产的大嫂对我吆喝起买卖。我借机向她询问这块牌子、这块坡地的信息。她告诉我，当年日本兵不是从邢台方向来的，那时长嘴峡还无法过人，日本兵是沿着上面那条水沟从山西那边偷袭过来的。由于寡不敌众，八路军一二九师守卫被服厂的二十多名指战员全部壮烈牺牲。烈士们的鲜血流入沟底染红了溪水，下游的部队群众才闻讯赶来。

山风无语，我却心潮起伏，耳边隐约响起了一阵紧似一阵的枪声。我默默地越过草丛走向那块简陋的铁牌，双手轻轻地拨开松柏树枝，牌子的全貌立即暴露无遗，除了上面蘸漆写的那一行"八路军被服厂遗址"外，下边竟然无一文字。

我时刻记得，一九三五年十二月，红二、六军团长征时在我县境内只战斗生活了短短六天时间，当时红军过处，如今红军桥、红军墙一字儿排开。为了掩护群众躲避敌机的轰炸，在一个村牺牲了几名红军战士，当地干群就修建起红军烈士纪念塔，前来扫墓的人络绎不绝。想到这里，我的心像被什么刺中了，有深切的痛！

坐在回程车上，我将心中的疼痛说与同座听。他说，也许此地是八路军的故土，为了新中国的诞生，发生在这里值得可歌可泣的人和事太多太多了，财力有限的他们还来不及对红色景物逐一进行整理修葺。他劝我不必为此耿耿于怀。

我觉得他说得很有几分道理，但不远处山坡上矗立着的"人间仙境"

第二辑

凝固的丽江古乐

的崭新牌坊，又让我不得不否定了这一说法。太行归来已多日，只要回想起这一幕，我内心深处仍然有一些隐隐的痛在发作，在扩张。

初睹北京

　　第一次去北京，心情自然很是激动。第一个游览点，我和妻子不约而同选择了天安门。"我爱北京天安门，天安门上太阳升……"这首歌儿早已深深镌刻在我们的记忆里。可是，天安门正在维修，城楼上四面扯起了蓝色的围挡，人民大会堂、毛主席纪念堂等处也都闭门谢客。我们便在广场四角、金水桥上，以天安门为背景或独立着或依偎着留了影。未能登上天安门城楼，心花自是不能烂漫开放。"那就去故宫吧。"我提议。

　　故宫里金碧辉煌的屋宇，大气磅礴的文韵，一碰面就强力攫住了我们的目光。我们挨个殿堂的慢慢移步、挨个花园、挨个天井、挨个匾额的细细品赏，忙着照相、合影。凝望着中华民族博大精深的文化遗产荟萃一堂，我仿佛看见了神州大地亿万条涓涓细流于此汇聚成浩荡江河，气吞万里，声震寰宇。妻子挽着我的手不住地在颤抖，她的眸子里闪烁着光亮与激奋。我知道，我们的心灵一起受到了空前强烈的震撼与洗礼。幸有那灿烂盛开的紫薇，"万条垂下绿丝绦"的杨柳，无数让我叫不出名字的珍贵花木，五色纷披，美不胜收，调节润滑着我们的眼睛。渐渐地，一切遗憾统统抛诸脑后了，时间也在不知不觉中悄然溜走了。工作人员上前催促我们，说是下班时间快到了。我们只好浮光掠影匆匆完成余下的"功课"，依依不舍离开了故宫。

又一天，路过中山公园，门口横幅上悬着斗大的字——北京郁金香游园会，我们想都不想就走进去了。园子里，满布着怒放的郁金香，品种繁多，姿态各异。那真是花儿的海洋，色彩的天堂。公园深处，孙中山先生留下的革命足迹，让我们收敛起放飞的玩心，认真回忆起"驱除鞑虏，恢复中华，创立民国，平均地权"的峥嵘岁月。妻说："伟人是做伟大事业的，那些事我们做不来。"我说："但我们可以记住他们和他们所做过的事。"

最后的行程，我们登上了一部商务车，在昌平区用过午餐，直朝居庸关进发。一路上，北京朋友介绍，居庸关长城是北京长城中地势最为险要的一段，新近才全面维修竣工，比起八达岭长城来要难爬得多。我庆幸道："无限风光在险峰！"妻却担心爬不上去。

居庸关得名，始于秦代。相传，秦始皇修筑万里长城时，将囚犯、士卒和强征来的民夫迁居此地，居庸关即"徙居庸徒"的意思。汉代沿称居庸关，三国时代叫作西关，北齐时改为纳款关，唐代有居庸关、蓟门关、军都关等名称。因为这里风景绮丽，自古就有"居庸叠翠"之美誉，并列入了著名的"燕山八景"。抬头环顾四周，果见两山夹峙，奇峰笔立；巉岩裸露，青白相间；松林摇曳，花絮飘飞。好一派典型的太行风光，雄浑壮美！

车子停靠在巨大的城墙之下。登上墙来，一座三重檐的城楼呈现在眼前，二重檐下挂一巨匾："天下第一雄关"。据说，那上边的字是唐代大书法家欧阳询留下的墨宝。第一个动作，照样是合影。浑身长满红锈的大炮，兀立身旁。我转身找好位置，对妻子说："我还要与这个明清的宝贝合个影。"

到了"不到长城非好汉"石碑处，妻子瘫坐在碑基台阶上，嚷着再也爬不动了。我伸过手去说："胜利就在眼前。就为了这几步路，而在首都北京、太行山上留下一辈子的遗憾，多不划算啊！"

终于到达最高处了。只见先行登顶的人们一个个兴奋地在手舞足蹈，妻子受到感染也朝着空中大呼小叫起来。

真爱莫问来路

∨∨∨ 第三辑

陪娘去爬张家界

　　那天,陪母亲去县医院看病,医生看来看去,一直不敢下结论。

　　后来在长沙市的医院,一番视触叩听、照片化验过后,和蔼可亲的老教授告诉我们只是一个良性囊肿,附带开了几百块钱的药。看了处方单,我对母亲说,这都是一些平常药,回家后再去药店买,县城也许比这省城大医院还要便宜一些的,再则多提东西也麻烦得很。在母亲清瘦的脸上,明显地露出来不悦的表情。我知道,母亲虽然出生在偏僻落后的雪峰山村,没见过什么大世面,但素来迷信大地方、大首长、大医院、大专家……这些称呼上带“大”字的类别。大专家开的药,大医院卖的药,这都不买了,那还了得!当然,这里主要是对我不舍得多花钱给她买药治病心生不满。我连忙排队交钱,排队拿药。

　　回到住宿地——新华社湖南分社的记者之家,母亲已是一脸的光彩。我想起,母亲曾经同我聊天时说起过:“如果要看城市,我只想去北京看看天安门、看看金銮殿;如果要看山,那恐怕是只有去张家界才可能还有些看头哩。”张家界的石英砂岩峰林经典景观,母亲已经在电视上见识过无数次了。于是,便跟她商量,咱娘儿俩是不是真的就去一回张家界?刚刚从担忧中走出来的母亲,想都不想一口便应了下来:“要得啊!”

　　到了张家界,一位朋友专门给我们娘俩请来了导游,蛮和善的一位土家族后生。一见面,母亲就忙不迭地将从家里带来的雪峰蜜桔递给他尝。

后生尝了一个，连说好吃得不得了，是自己平生吃到的最好吃的蜜桔。母亲也高兴得不得了，笑着说："这是早熟桔子，还不是最好吃的。我们的雪峰蜜桔跟你们的张家界风景一样都是天下第一大的哩！"出门在外，母亲言谈中还忘不了那个心驰神往的"大"字。

"不上黄石寨，枉到张家界。"第一站自然是上黄石寨。在导游的安排下我们一同坐上了索道。可到了山上，母亲听说要花那么多的钱，坚决不肯再坐索道了。我问，是看风景重要，还是钱重要？母亲却回答："都重要！"扭头就看起了风景。

母亲没有多少文化，可是在三天的游程中，所有景致她却看得十分的到位。凡是有游人驻足观赏的地方，她必定停下脚步，认真地看上几眼。若有什么不明白的地方，必定细心地向导游一问再问，直到自觉基本弄懂为止。有时，兴之所至，她还会发几句感慨。

"谁人识得天子面，归来不看天下山。"在享有"峰林之王"美誉的天子山景区，面对着对面崖壁上那一线露白的天然痕迹，导游介绍说那是亿万年前什么什么纪的海平面。她似懂非懂，喃喃低语："这里这么高才是海面上，那我们那里肯定就是海底了。"面对着直指苍穹的御笔峰及其四周参差不齐的峰林群，她深有感触地对我说："崽啊，这山像是用斧头劈出来的一样，跟我们那里的山完全不同哩！直溜溜的，没有什么弯弯曲曲的地方，真像一个个站直的人，而且是各站各的，互不相干。你再仔细看，只有顶顶上面才长起些树和草，最像在地里做工时直腰擦汗、拍打胸脯的男子汉！"的确，我们湘西南的雪峰山以秀丽的女性美著称，文雅、温柔、保守、低调。而眼前的山峰刀削斧劈呈现出一派雄性美，粗野、骨感、独立、暴露、高调。母亲老了，但是眼睛却一点也不花呢！

记得下山的时候，沿途只听见人们纷纷用母亲做教材教育着同伴和孩子："你看！这位老奶奶都坚持自己走。你们害不害臊啊？"母亲每每听到这样的声音，总会放缓步子，直一直身子，笑着跟人家点点头，倘若遇

上孩子,偶尔还会伸手去摸一摸他的小脑袋。

张家界,毋庸置疑是很美很美的。陪母亲游览归来,张家界在我的心中更多了一份美,一份天伦之美。因为那里留下了我与母亲相依相伴用自己的双腿征服天下名山的足迹。如今,母亲的头发愈见斑白、愈见稀疏了,前天晚上,我跟她坐在沙发上一起看湖南卫视,荧屏上张家界的标志性风景闪耀着呈现在眼前。我开玩笑问母亲,以后还去爬一次张家界吧?她说:"崽啊!去是想去,只怕你老娘爬不上去了哩。"我说,这次去全程坐索道,不碍事的!母亲笑着说:"我就不去了,你带你宝贝女儿去吧!到时候多拍几张照片给我看看就行啰!"

我忽然记起了,当日在张家界时,母亲为了节省那几块钱,未曾照过一张相,回来后,曾多次很是懊悔地跟她儿媳妇们说起过此事。可女儿目前学业正紧,很难有时间出去玩几天的。我只好在心中期待着能快些陪女儿去爬张家界,以弥补母亲没有在那神奇山水间留影之憾。

登岳阳楼

"楼观岳阳尽,川迥洞庭开。雁引愁心去,山衔好月来。"而今,我登上岳阳楼,与诗仙李白亦是一样的心潮澎湃。

凭栏远眺,仿佛转身高戴头盔、身披铠甲的江东大将,正在检阅百万水师。那声震云天的呐喊,如箭齐发的轻舟,穿波破浪,直抵楼宇而来。向浩渺湖面挥手举拳的冲动,一阵阵涌上心头。然而,同伴接打手机的声音提醒我，那已是东汉末年的故事了。其时，孙权命令大将鲁肃在洞庭湖接引长江的咽喉部位修建巴丘城，既镇守长江水域，又操练孙家水师。

"衔远山，吞长江，浩浩汤汤，横无际涯；朝晖夕阴，气象万千。"巴陵山临湖而立，湖中一帆一波尽收眼底。建安二十年（二一五），鲁肃决定在巴陵山的湖岸修筑训练水师的指挥台，名曰"阅军楼"。这座指挥楼在两晋、南北朝被称为"巴陵城楼"，中唐时巴陵城改为岳阳城，此楼随之开始改称"岳阳楼"。唐宋时期，文人墨客画家登楼赋诗吟对作画盛极一时。北宋庆历四年（一〇四四），滕子京被贬来岳州主政。到任第二年，便着手广泛发动各界人士重建已经坍塌的岳阳楼。滕子京不愧是一位具有远见卓识的名臣，他认为"楼观非有文字称记者不为久，文字非出于雄才巨卿者不成著。"岳阳楼重修竣工后，他即请人精心画了一幅《洞庭晚秋图》，连同自己的一封亲笔信寄给了著名的政治家、思想家、军事家和文学家范仲淹，请其为修楼一事作记。当时范仲淹也被贬在河南邓州为官，接到好友的书、画后，十分重视。同样的境遇，同样的抱负，促使他情注笔端，奋笔疾书，一气呵成千古雄文《岳阳楼记》。"不以物喜，不以己悲；居庙堂之高则忧其民，处江湖之远则忧其君。""先天下之忧而忧，后天下之乐而乐"。一泊湖水竟以天下为怀，一座阁楼竟以天下为标。范仲淹一篇不足五百字的美文，将岳阳楼铁定为中国历史和文化史上一座无可撼动的地标。好庆幸滕子京萌生的那个准确判断，好仰慕范仲淹拥有的那份旷世才情！《岳阳楼记》一面世，岳阳楼便实现了真正意义上的名传天下，完成了从武到文的华丽嬗变。

"昔闻洞庭水，今上岳阳楼。吴楚东南坼，乾坤日夜浮。"而今，我登上岳阳楼，与诗圣杜甫亦是一样的浮想联翩。

"洞庭湖上好风光，八月风吹稻花香。千张白帆盖湖面，金丝鲤鱼装满舱。丰收谷米运全国，轮船结队下长江。"一九六四年，湖南著名男高音歌唱家何纪光带着《洞庭鱼米乡》，去参加当时中国影响最大的音乐盛

会"上海之春"音乐节,一举成名。从此,这首歌唱红了大江南北,并唱出了国门。湖南著名水彩画家黄铁山同年创作的《洞庭湖组画》,透明、轻快、简洁、流畅,为中国美术馆所收藏。从此,他一辈子醉心洞庭风光,画遍了八百里湖乡,使得原生态的美丽洞庭融进了艺术殿堂。《洞庭鱼米乡》,我百听不厌;《洞庭湖组画》,我百看不厌。二十世纪九十年代初,我怀抱两位同乡艺术家带给我的向往洞庭的少年心思,第一次走向洞庭湖,然而歌中情、画中景难觅踪影。人们告诉我,受江湖关系、气候环境和人类活动等因素影响,洞庭湖区湖泊萎缩、生态退化、经济发展放缓等问题日益凸显,不仅湖面被分割为东、南、西三个部分,面积也只有清顺治年间到道光年间汛期湖面面积六千平方公里的一半,早已被鄱阳湖超过而屈居中国淡水湖的第二把交椅。

"上下天光,一碧万顷;沙鸥翔集,锦鳞游泳;岸芷汀兰,郁郁青青。"二十年后与这湖水再相见,我惊喜地看到了少年时所怀有的意象。原来,进入新世纪后湖南即全面实施"4350工程",希望通过退田还湖、平垸行洪、移民建镇,到二〇一五年使洞庭湖恢复到一九四九年前四千三百五十平方千米以上的湖面。数年奋斗,成效有目共睹。蓝天、碧水、绿地构就的湖光山色,让悬挂在楼上的李白亲撰联"水天一色,风月无边",又有了实实在在的景象与之唱和。二〇一一年九月,全国旅游景区质量等级评定委员会批准岳阳楼—君山岛景区为国家5A级旅游景区。洞庭人欣喜相告,党的十八大提出建设美丽中国,湖南迅速做出了加快推进洞庭湖生态经济区建设的部署,未来的洞庭湖必定"登斯楼也,则有心旷神怡,宠辱皆忘,把酒临风,其喜洋洋者矣"。

"洞庭天下水,岳阳天下楼。"信乎!

寿岳衡山

  唐代大诗人李白在《送陈郎将归衡岳》一诗中写道："衡山苍苍入紫冥,下看南极老人星。"南极老人星者,即通常所说的寿星。自秦始皇封禅五岳后,风景胜地、宗教圣地渐渐成了五岳的共同特征,尽人皆知。但千百年来,唯有衡山独享着"中华寿岳"之美称。让国人念念不忘的"寿比南山,福如东海",这个南山其实就是衡山。

  关于南山是衡山、衡山为寿岳的历史记载颇丰。在中国传统的金木水火土五行文化中,火为南。相传,火神祝融氏长居衡山主峰祝融峰,祝融氏乃主管人间福、禄、寿之神。而据《星经》所载,衡山对应二十八星宿南方七宿之轸星,轸星乃主管天下苍生寿命之星。在衡山六朝古刹福严寺,至今仍保存着"福严为南山第一古刹,般若是老祖不二法门"的唐代石刻楹联。细察中国历史不乏帝王将相驾临或遣使衡山祭祀祈福求寿。宋徽宗崇尚道教,自称长寿大帝,曾多次登上衡山,并于一一〇五年在山中现场题写"寿岳"二字。清康熙皇帝于一七〇五年亲撰《重修南岳庙碑记》,碑文开宗明义"南岳为天南巨镇,上应北斗玉衡,亦名寿岳",再度御定衡山为寿岳。翻阅当代权威辞典《辞源》,其解释最为明白不过:"寿岳"即"南岳衡山"。

  衡山寿文化源远流长,底蕴深厚,独具迷人风采。山脚被誉为"江南第一庙"的南岳大庙,其第四进御碑亭四周额坊上镌有古篆鎏金"寿"

字两百个,均无雷同。拾级而上,或刚或柔或刚柔并济的"寿"字漫山遍野,有的刻于路径边,有的刻于寺庙旁,有的刻于石崖上,各具情状,相互辉映,让人恍如走进了一个偌大的"寿"字大观园。最具代表性的应数宋徽宗题写的那幅"寿岳"石刻,每字四尺见方,笔力遒劲,大气磅礴,堪称一绝;在祝融峰顶新近发掘的"寿比南山"石刻,每字一米见方,同样气势不俗,叫人惊叹。

如今,行走在衡山街头、徜徉于景区各地,寿文化特产花样繁多,琳琅满目。最有名的是"南岳寿饼",已有四千多年的历史,发端于大舜南巡时尝过的"豌菽饼",后经各部落首领推介,取名"万寿饼",味道独特,老少皆宜。每逢香期或斋会,当地人与香客争相供奉。由白酒与衡山中草药及山泉水科学配制而成的"南岳寿酒",也是衡山人向游客推销的主打产品,商家宣称此酒经过了住持高僧为之加持,可谓"甚得佛光,慈航普度"。挂在推销员口上的还有"南岳寿茶",有数十个品种,其中云雾茶号称唐代贡品。

秀美衡山,一座给人们添寿的灵山。不是吗?就连衡山的树木也长寿得很呢。你看!福严寺那三人不能合抱的银杏树少说也有一千四百岁了;藏经殿后那棵白玉兰历经半个千年期的沧桑,至今依然逢春开花,雄风丝毫不减。

哦,寿岳——衡山!

吟咏崀山间

　　沐浴着骀荡春风，与几位文友相约去游览湘西南著名的国家级丹霞地貌旅游胜地、世界自然遗产——崀山。大家事先就商议好了，要在那儿一展诗喉。

　　车至崀山，我们径奔牛鼻寨景区，去观赏名震四方的崀山精品景点"天下第一巷"。来到巷口，惊观两壁如刀削斧劈、挺立千仞，巷宽盈尺、深幽无底，唯有一线青天高悬巷顶，让人不得不叹服大自然的鬼斧神工。进入巷内，一股股冷风扑面而来，令我不寒而栗。同伴老张走在前头，只见他哆嗦了一下，随即夸张地晃动着脑袋、拖长着声调说："那冷面的石，那冷面的巷，究竟是巷因石冷，还是石因巷冷？"大家开心地笑说老张，好戏还刚刚开头，先别把脑袋晃晕了，到时后悔莫及。

　　沿着窄窄的石阶往上爬，走到巷子中间，抬头见一对青年情侣手牵着手一前一后缓缓走下山来，那相偎相依的温馨情状，那全神贯注的陶醉神态，好像满世界只有他们俩。一时间，我们默不作声，主动侧身让路，只缘不忍心搅了他们的心境，毁了那一幅活生生的牛郎织女图。直到他们渐渐下去远了，我们才嘘了一口长气，还是老张清醒得最快，他又晃动起脑袋作起句子来："那含情的石，那含情的巷，究竟是巷黏着石，还是石黏着巷？"此情此景，我早已为之动心，闻听此语更是心动不已，不禁脱口而出："怎一个黏字了得！"

第三辑 真爱莫问来路

名牌景区紫霞峒,似洞非洞,是崀山的魂灵之所在。下午,我们马不停蹄列队进发。置身景区,但见满山漾丹摇霞,峰峦浑圆陡峭,一派别样的天光山色。同伴老刘摆出一副急不可待的样子,抢先吼起来:"那凝丹的石,那凝霞的山,究竟是人间入画,还是画入人间?"

登临峒顶观景台,丹霞地貌一览无遗。巉岩突兀,如螺、如龟,似卵、似鱼,惟妙惟肖;彩石穿空,或立、或卧,亦真、亦幻,形神俱备;丹崖林立,有的独处、有的群居,巨者成山、小者若点,姿态万千……还有那百花斗妍,千峰竞秀,万壑争雄,奇洞藏幽,飞瀑如练,夷江逶迤,松迎日月。大家无不屏气息声,沉浸在了欣赏天下奇景的惬意之中。待到山风劲吹,我们才缓过神来,同伴老张清清嗓子,雅兴勃发:"那凝丹的峒,那凝霞的峒,究竟是丹霞凝魂,还是魂凝丹霞?"

翌日清晨,我们朝崀山之巅八角寨挺进。步入八角寨那闪着青光的石板小径,仰望山脊,雾绕巨石,巨石吞雾,变幻莫测。"天下第一巷"遇到的那对情侣的影子不觉浮上心来,我若有所思地问众人道:"那如画的石,那如画的雾,究竟是雾恋石深,还是石恋雾深?"

双脚数完依山而筑的两千级阶梯,终于登上云台极顶。顾不上息汗歇脚,大家忙着寻找最佳角度去观赏那托起八角寨、八角寨也因之得名的八脉山峰的神韵,八峰翘首耸翠恍如八条灵动的青龙,正凝神专注地腾着云、驾着雾。俯瞰偌大峡谷,无数壁立裸露的石峰,无际缥缈不定的轻烟,宛若银屏诠释的仙府帝苑,又如烟波浩渺的仙界白海。雾岚散处,一条小路隐隐约约。人们说,那是湘桂交界之地的古通道,曾几何时,马蹄声声,人流如潮。同伴老王不由得放声赞颂:"那如鲸的石,那如海的雾,究竟是鲸鱼闹海,还是海闹鲸鱼?"

眼望绝世美景,我强烈地感到脚下八条巨龙已然飘动。我在心底呼唤,八角寨啊八角寨,是历史的重负让你昔日凝然不动,是时代的召唤让你今朝展翅欲飞。站在云台之上,我冥思苦想,期望吟出满意诗句以不负这人间仙境，但终不能如愿，只好鹦鹉学舌抒发内心感慨："眼前有景赋不得，艾青有诗在上头：桂林山水甲天下，崀山山水赛桂林。"

崀山归来已多日，可大家相聚时都说那崀山上留下的欢声笑语仍不时真切地回荡在耳旁。我知道，文友们那一颗颗透亮的诗心已深深融化在了崀山的彩石丹崖之间。

湘西纪行

凤凰：夜探从文墓

到达凤凰的时候已是四月十九号下午六点多钟了。用过晚餐，"相聚神地"文学笔会组织者安排大家自由走玩古城。我们便三三两两跟着漂亮的苗妹土家妹导游出发了。

走在凤凰古城青石板铺就的大路上，现代真切的清风抚慰着我的身体，远古言传的文明激荡着我的心胸。我的几位同行好友一致认为，要去一代文学大师"乡土文学之父"沈从文的故居看看。用大家的话说，叫作去沾点灵气，拣点本事回去，也不枉戴了作家这顶帽子。我也早有此意，忙不迭高声附和，应该应该。

"跟着感觉走，紧抓住梦的手，"我们决定不向别人问路。都是中青年人了，走在路上还一个个跟小孩子似的。我迅速地有了些莫名的兴奋，心想，这可能就是偏僻闭塞的凤凰何以能够出了沈从文这样的大作家的

第三辑 真爱莫问来路

原因,因为这地方能把人的心变得单纯,变得执着,变得富于想象。七拐八转,在朱镕基总理亲笔题写的"凤凰古城"标志牌坊前,终于看到了一块绿色指示牌"沈从文故居由此去"。根据牌子指示的方向,我们很快就找到了那座让我们神往了多少个日日夜夜的飞檐翘顶的老房子。遗憾的是,故居关门了,一把大锁让我们高温燃烧的心灵瞬间降了温。一个不知从哪里冒出来的蓄着寸头的青年男子上前跟我们搭腔说,看故居吗?可以开门的,六十块钱一个。我问,这么贵啊?以前我来过的,没有这么贵啊?他转身留给我一个背影大声道,晚上私人开门还便宜一些,白天公家开门要一百呢。那轻飘飘的语调回荡在狭窄的巷子里,与我们文学的情结、朝圣的心情极不相协调,甚至隐隐地还包含有一种嘲讽的味道。大家觉得好不无趣,谁也没有心思再去搭理他,一个个不约而同地在故居大门两边的木质窗户前,将自己的脖子尽量地拉长再拉长,放肆地痛快地朝黑咕隆咚的屋内放射着饥渴的目光。我影影绰绰地看到屋里陈列着一圈书籍,好像还有一个瘦削的老人正慈祥地望着我微笑。我知道,那是我内心里长久以来的一种渴望。

带着一份份的惆怅,我们来到了沱江边上,只见对岸灯火通明,七彩闪烁,透过夜幕吊脚楼的屋顶轮廓清晰可见。此情此景,如诗如画,美感快感一起升腾在我的心头。就在我尽情品味之际,忽有一个声音响起来了:看这样的灯光景色,天下到处有的是,没有什么特别的意义。如果要看这样的景致,何必到凤凰来?来到凤凰既然进不了沈从文故居,那就去看看他老人家的墓地吧!

墓地! 夜色中猛听到这样一个词语,我禁不住微微颤抖了一下。要知道我从小就胆小,白天过墓地都战战兢兢的,尚且眼前还是晚上,一个没有月亮的晚上。可我扫视众人,看到的却是一副副喜悦开朗健康的面容。我一个大男人哪好意思公开自己心中的怯意,不由自主地融化在开往墓地的队伍之中了。

走在狭长幽深的巷子里，我们沿途询问着前进的方向。我们不敢再像开始那样跟着感觉走了，步履也一反常态变得急匆匆起来。一是时间不早了，都已经九点多钟了，根据笔会的安排明天早晨还要赶早去永顺县的王村古镇呢；二是大家脸上洋溢着激动，心里充满了迫切，谁都巴不得插上翅膀立即飞到沈从文先生的墓地。我记得，一路上连不善以语言与人打交道的我都主动询问了三个人，第一个问的是城门拐弯处一位卖小吃的老年女人，第二个是街端头坐在屋内沙发上看书的一名中年男子，最后一个是郊外手握书本匆匆行走的一位中学生。他们回答我的话，是清一色的热情鼓励的话：没错没错，一直往前走，不要往上往下；没有多远的，二十多分钟（第二个说是十几分钟，第三个说是五分钟）就走到了。

　　屋舍明显稀稀落落了，路灯早没有了踪影，大家估摸着墓地应该就在附近。一个文友捷足先登，轻快地跃上了路边的土石台，随即传来了他"一个士兵要不战死沙场，便是回到故乡"的一字一顿的声音。这是著名画家黄永玉为他的表叔沈从文先生题写的墓地碑刻，我们无人不知。

　　摸索着登上半山坡，我终于听见了前面的文友在高声朗读"照我思索，能理解我；照我思索，可认识人。""到了！到了！"人们欢喜雀跃。

　　置身墓地，我借着手机微弱的亮光，在一块巨大的天然石头上找寻着那一行行让无数人深深思考的文字。看见了，看见了。"照我思索，能理解我；照我思索，可认识人。"我在心里默默地将这句话反复吟诵起来。

　　我围着这块原始形态的石头碑，小心翼翼地转了一圈。好奇怪的，没有像白天看到的这一带其他墓地那样隆起的穹形土丘，墓碑后面平平的，什么也没有。我试着用脚在地面上来回探寻，除了小草的阻挡，没有遇到其他障碍。望着这狭窄的朦朦胧胧的墓地平台，我心里好一阵发颤，鼻头好一阵发酸，一位具有世界影响的伟大作家就这样默默地安息在偏僻故乡静静的一角，小小的一角，没有巨大的胸怀，博大的人格，伟大的情感，是绝对做不到的，也是绝对不会去考虑这么做的。我正沉浸在这样的思

考中,从坡底传上来文友们一阵阵的欢笑声。待我回过神来,环顾左右,才知道大家都已经下山去了。

墓地里只剩下我一个人了,可我那时一点害怕的感觉也没有,我甚至走了几步后又倒回去再次将那块石头上的文字抚摸了一遍,并且不慌不忙地恭恭敬敬地向着墓地三鞠躬致意。现在回想起来,我真有点不相信自己内心里竟然还潜藏着那么大的胆子。我为自己的进步而高兴不已。同时,我在心里也深深地感谢着沈从文先生,感谢他给了我重新认识自己的机会。

我想,有了这样的胆子,我会更加热爱文学,热爱他人,热爱社会的。

永顺:午访芙蓉镇

从凤凰出发来到永顺王村古镇时,将近正午了。

王村古镇,相信知道的人并不多,就连我们这些所谓的作家里不知道的也大有人在,与我坐在一起的文友就是其中一位。可一说这里就是芙蓉镇,知道的人立马就成倍成倍地增长起来。我的同座也是这样的,一听说这里是芙蓉镇,两眼放光。

电影《芙蓉镇》,那是二十世纪八十年代由著名导演谢晋执导拍摄的一部很优秀的影片。古华的文学原著和这部影片曾深深地影响过我,我早就有现场看看拍摄地的想法,可由于种种原因,这个愿望一直没有实现。当知道笔会举办方就要带领我们前往"芙蓉镇"——永顺县王村古镇时,我的心里有一种强烈的兴奋。也因了这种兴奋感,让生来就晕车的我在一种难得拥有的舒适乘车状态中抵达了"芙蓉镇"。

一条依山势建造的古老的街道展现在我的眼前。我们是从山上往山下走的。鸟瞰古街,石板路,木板房,蛇一样的往下铺展而去;家家户户开起了商店旅馆,人流如潮,热气奔涌,一派繁华景象。五里石板长街上仍保存着大量明清时代的古建筑,雕梁画栋,造型极具民族特色。

在一个出口,我看见了一挂飞瀑,一挂不是从天而降的飞瀑。欣赏飞瀑的一般情形是从下往上看,这回却是从上往下看,我觉得十分新鲜,因此看得特别认真。飞瀑朝下垂直奔流,恰似一幅雪白的帘子在脚底下迎风摇摆,灿烂耀眼。我心中一阵喜悦。

酉水岸边的码头上,同行者纷纷在照相留念。在沈从文笔下这里是"白河(酉水)流域上最清奇美丽的码头",风光的确秀丽怡人。我对这样的热闹没有多少兴趣,独自登上了青砖砌成的古城楼。城楼上,廊柱灰暗破损的面容昭示着岁月的沧桑,历史的久远。码头上停泊着三两艘船只,与沈从文先生描述的那些船儿长得不一样。眼前的船儿要么过于破烂简陋,要么就过于现代派了。在我的想象中,酉水里往来不断的是那种荡桨摇橹有篷的小船,虽然灰扑扑的,却极有看头,极富诗意;河面上还应该漂流着成群结队的木筏子,筏子上挺立有蓝布短衣的青年水手,甚至他的黑布缠头的父亲。然而活生生的现实无情地击碎了我的幻想。我在临河那面良久伫立,任河上吹过来的微风肆无忌惮地接触我的身体。我不想说话,此时也没有人能够与我正常对话,因为偌大的城楼上只有我一个人。俯视楼下的作家们,仍然在忙着照相,摆弄各种姿势,我忽然想起套用一句流传的语言:你站在城楼上把楼下的人们当风景看,城楼下的人们早把楼上的你当成了风景。不是吗?立即就有同行的作家朋友在楼下大声呼喊着我的名字,让我去合影呢。

王村是一座具有两千年历史的古镇,自古就有"楚蜀通津"之誉,秦汉时设置为酉阳县,五代十国时期统治土家族达八百年之久的溪州彭氏小王朝开始在此建立土王府,民国时代王村更是跻身湘西四大名镇行列,素有"小南京"之称。古镇人却是谦逊的,他们并没有因为辉煌的历史而骄傲自大,目空一切,多少年以来,他们一律自称着"王村",要是放在有些地方早就要号称"王城"了。在城楼前台地面上,那块由著名导演

谢晋题写的"芙蓉镇"牌匾静静地躺在那儿,我在宣传画上几次见到过这块牌匾醒目地悬挂在城楼上。我抬眼望去,横梁上方已经换上了古镇真实的名字匾额。王村人就是这样不慕虚荣,勇于改正哪怕是那么一丁点的可以容忍的追名逐利。我不禁为他们的操守深深感动。

返回时漫步古镇,我才发现几家小吃店争相挂起了刘晓庆豆腐店的牌子,有拿中央电视台采访照作说明的,有拿摄制组回访照作注解的,有拿刘晓庆剧照和体验生活照做对比的,真假莫辨。我努力地在心中回忆当年看过的电影镜头,好像这家也像,那家也像,一团乱麻根本理不清头绪。我有了说不出来的郁闷感。回想起城楼上牌匾的变换,与此行为大相径庭,四顾茫然。但想到有这么多平常人家掌握了这样的经营技巧,说明我们土家兄弟已然乘上了商业时代的挣钱列车。淡淡烦恼与矛盾的同时,我又为王村群众能与现代潮流接上了轨而暗自庆幸。

就餐的地点选择在便于观赏西水风光的沿河酒家。看着碧绿色的西水蜿蜒流去,河上偶有小船缓缓经过。宽阔的江面上,好温柔,好宁静。我想起了沈从文先生遇见的翠翠,朴质而美丽的翠翠,柔弱却坚守的翠翠。我疑心芙蓉镇版的翠翠,此时此刻就生活在这只正从眼前流过的小船上。因为昨天晚上我已经在沈先生的墓地得到了先生的真传。然而没有芙蓉镇版的翠翠,即使有了先生的真传,我又怎么能够写出先生那样的出世作品?芙蓉镇版的翠翠此时此刻不出现在我的眼前,过一会儿我们就要离开这里了,我又怎么能够见到她?

可是,直到我离开王村镇的时候,我还是没有发现我要寻找的翠翠的影子。迫不得已,为了不辜负沈先生赐给我的胆量与真传,我只好另择吉日另寻机会再来湘西再来芙蓉镇了。

芷江览胜

"烽火八年起卢沟,受降一日落芷江。"家住湘西南雪峰山脉东麓,山那面就是芷江。一家人,一台车,奔上沪昆高速公路,风驰电掣穿过七公里长的雪峰山隧道,两个小时后便实现了同观"中国凯旋门"的"家庭梦"。

"中国凯旋门"即"受降纪念坊",坐落在芷江县城郊外的七里桥,始建于一九四七年二月。一九四五年八月十五日,日本政府接受《波茨坦公告》,宣布无条件投降。八月二十一日,侵华日军总司令冈村宁次派遣副总参谋长今井武夫由南京飞抵芷江,代表百万日军向中国乞降。当日下午四时,今井武夫一行向中国政府交出了在华兵力部署图,接受了令其陆、海、空三军缴械投降命令备忘录。日军"芷江乞降"宣告了日本侵华战争的彻底失败,中国"芷江受降"在中华近代史上第一次写下了抵御外敌入侵取得完全胜利的崭新篇章。故而,"受降纪念坊"成了中国人民抗日战争胜利的历史标志,也成了世界反法西斯战争胜利的重要见证,并庄严跻身全球六大凯旋门之列。

门额上三个隶书大字"凯旋门"与两旁四个象征胜利的"V"字,一起迎接我们的到来。走进大门,立见心驰神往的"受降纪念坊"。纪念坊四柱三拱门,仿"血"字造型,岿然高耸,气吞山河。历史不会忘记,人民不会忘记,从卢沟桥到七里桥,有三千五百多万中国同胞在战争中付出

了血的代价,中国人民经济损失高达五千六百余亿美元!伫立在血泪浇铸的牌坊前,我热血沸腾,百感交集。"落后就要挨打!"伟大领袖毛泽东的声音回响在耳旁。前事不忘,后事之师。这血的教训,我们早已牢牢记取。但是,得道多助,失道寡助,正义终将战胜邪恶。这也是不可抗拒的历史之必然。回眸年近八旬的母亲和就读中学的小女,全家人脸上无不清晰地写满了平日少见的严肃与凝重。我们围着纪念坊远观近观、上看下看,逐一品读着它深刻的艺术语言以及镌刻其上的诸多题字题联。"克敌受降威加万里,名城览胜地重千秋。"无论文采还是气度均属不俗之作,尤其是"览胜"二字一语双关,既自豪宣布斩获了战场上的最后胜利,也巧妙寓意创造了人世间的又一胜景,与我产生了强烈的共鸣。这是蒋介石撰写的联语,镶嵌在正中位置。紧邻着的是李宗仁的题联:"得道胜强权,百万敌军齐解甲;受降行大典,千秋战史记名城。"亦很精彩耐读。

　　左拐九十度,径直前行不远,即为当年中国政府举行受降典礼的旧址。那儿有三栋黑白鱼鳞板双层木结构平房,呈"品"字形天井状布局,掩映在苍松翠柏丛中,静穆极了。"受降堂"居于中央主位,里头并不十分宽阔,受降席后墙上悬挂着中国民主革命先行者孙中山的画像,两边张贴名联:"革命尚未成功,同志仍须努力。"横批:"天下为公"。据介绍,整个会场布置严格按照受降主持肖毅肃将军的夫人捐赠来的受降现场老照片等历史资料精心复原,真实地再现了当时的场景。堂内陈列的桌椅板凳等原物,油漆剥落,容颜已老,所幸有些椅子的后背上"参加受降典礼纪念"字样依稀可辨。隔着围栏,不能入内,但我们仍能感受到空气里弥漫着的浓郁的历史气息与不可轻慢的浩然正气。

　　纪念坊右边是"中国人民抗战胜利受降纪念馆"。走道旁,战时使用的老飞机、老坦克、老吉普、老大炮等实物一字儿排开。孩子们见状欢呼雀跃起来,一忽儿跑过去爬上那里,一忽儿又跑过来摸摸这里。纪念馆内,则展览着锈迹斑斑的枪支弹药和战场缴获的日军国旗、指挥刀等物品，并配以图片、文字加影视的形式全面而客观地介绍了八年抗战历程。看着、听着，思索着，我的心时而沉重，时而亢奋。"爸爸，您为什么哭了？"女儿的发问将我从历史深处拉回到现实当中。其实，我并没有哭，那只是览胜真情的自然流露。

两读韶山

一读韶山：神圣

建党七十周年前夕的那个冬天，我第一次前往韶山参观。那次，我是带着神圣的心情而来，带着更加神圣的心情而归的。

在苍松翠竹掩映中的上屋场主席故居，我审视着一砖一木，观看着室内陈列，细读着介绍文字，呼吸着历史气息，无比崇敬的情愫油然而生。堂屋当中摆放的那几张面容沧桑的长凳、方桌，令我心潮起伏，浮想联翩，不禁回忆起六十五年前，一对神情专注、面容庄重的青年夫妇，浑身洋溢着真理的光彩，粗布长衫、蓝衣黑裙，从繁华闹市回到这桌前，凭超人的智慧和满腔的豪情点燃起中国农村革命的火种。走出故居，放眼屋外田畴，我将印满伟人足迹的那山、那水、那田、那路一并深藏在了心底。

徜徉"山水明珠"——滴水洞，扫视碧峰翠岭，清雅绝伦；寻幽"西方山洞"，别有天地。我默默地品读《毛氏族谱》"一钩流水一拳山，虎踞

龙盘在此间;灵秀聚钟人莫识,石桥如锁几重关"的深邃意境,领悟主席"喜看稻菽千重浪,遍地英雄下夕烟"、"我欲因之梦寥廓,芙蓉国里尽朝晖"的故乡情结,吟咏主席"今日长缨在手,何时缚住苍龙"、"俱往矣,数风流人物,还看今朝"的豪迈诗篇,面对神奇山水孕育旷世伟人的历史巧合,一时间一种浓浓的神秘之感和一股深深的钦仰之情交织着涌上了我的心头。我震撼在伟人一生充满革命乐观主义精神、挚爱故乡、忠诚中国乃至世界人民福祉的如海胸襟、如山意志中而产生的钦仰之情,那是迷失在人们基于传统风水地理文化而绘声绘色泼洒在这方山水上的奇光异彩里所生发的神秘之感。我是个唯物主义者,但此时此刻倒真的希望那明丽山川能够蕴藏着人们所传说的神乎其神的滋龙生风的"灵性",一种孕育一代又一代为人民服务的革命家的"灵性"。

二读韶山:神奇

今年"五一"期间,我再次踏上了这方热土圣地。这一次,我可是带着无比神奇的感觉而归的。

在驰名中外的铜像广场,我体会到了什么才是真正的神奇。广场上参观的人流络绎不绝,或夫妻同行,或携子而来,或呼朋唤友,或同事结伴;有的伫立凝视,有的鞠躬行礼,有的敬献花篮,甚至有老者跪拜作揖,俨然将毛主席当作救世行善的神了。有当地人告诉我,铜像高度十一点一米寓意一九四九年十月一日建国,象征着全国各族人民对毛主席亲手缔造人民共和国的丰功伟绩将永志不忘、世代相传;铜像于一九九三年十二月六日上午九时从南京运抵韶山后,一连几天韶山冲出现了冬日杜鹃盛开、日月同辉的奇特景观,喜极而泣的韶山人奔走相告:"毛主席真的回家了!"更让人惊叹不已的是,在毛主席百岁生日那天,骄阳下六只鲜艳的蝴蝶绕着铜像翩翩飞舞,人们传说那是毛主席一家为革命牺牲的六位英烈前来祝寿;铜像自毛主席百年诞辰时由江泽民同志亲自揭幕以来,无论是节假日还是平时,前来参观瞻仰的人们总是像眼前这样摩肩接踵、川流不息。哦,原来如此!我还以为是建党九十周年才引来了这浩如大海的人流呢。仰望铜像,我静默无语,恍惚之间看见了一代伟人如大山般站在开国大典的天安门城楼上,操着浓重的家乡口音,气吞山河地宣布一个新时代的开幕。那气势令一切反动派瑟瑟发抖,却令天下劳苦大众扬眉吐气。

　　置身被誉为"国之瑰宝"的毛主席诗词碑林,我读到了另一种神奇。登上镶嵌在韶峰山腰别致典雅的诗词碑林,阳光下,那一百块书写着雄文佳句的大理石、汉白玉、花岗岩碑刻熠熠生辉,让人目不暇接。碑林占地面积约两万平方米,按照毛主席的革命生涯分为五个部分,依时间顺序分为四个时期,共收入毛主席诗词五十首。周遭山景风物,正如其《碑序》所云:"千峦拥戴,悦泉琴羽曲之音;万壑朝归,养竹节松高之气。雨雾晴岚,四时各别,为韶山八景又添一绝。朝霞紫气连衡岳,暮雨飞花下洞庭,诚洋洋大观者矣。"看着碑耸奇峰,错落有致,我怡然陶醉;读着诗中佳品,诗景相得,我激情满怀。我只觉得,那一首首诗就是一道道美景,那一道道景就是一首首好诗;碑林既是瑰丽的文学之林、书法之林,更是磅礴的革命之林、党史之林。隐隐约约之中,忽有一曲雄浑低沉的旋律在我耳边响起,那旋律荡气回肠,让我顿生神奇之感。原来,那是参观者不由自主地从心底里迸发出来的读诗声。山风轻拂,我们怀着依依惜别的心情走向碑林出口。随着队伍走出碑林很远了,那旋律仍真切地回响在我耳旁,我情不自禁地回眸身后峰峦山影。

第三辑　真爱莫问来路

真爱莫问来路

　　秋末冬初,天气晴好的中午,我们全班学员集体前往汨罗参观任弼时纪念馆。

　　在任弼时故居,陈列于地面以及四周墙壁上的历史物件强力吸引住我的目光,逐一端详间不知不觉掉了队。独自来到任弼时父母的住房前,抬眼一看,房后紧连着一间小房,门上挂着标牌"陈琮英住房"。从此房再经过一间伙房,便进入临天井小池的一间住房,房中一只陈旧的黑色书桌靠窗而立,静穆极了。图片文字载明,这是任弼时的住房。

　　作为任弼时的妻子,陈琮英的住房与公婆住房相通,而任弼时的住房又与妻子的住房以伙房相隔。好一阵纳闷,但一时又无法从墙上极其简单的介绍文字里找到答案。

　　沉思中,传来了同学和老师们一阵阵"走喽!走喽!"的呼唤声。我只得收回目光,转身步出故居。门外池塘边一位胸佩工作证、笑意盈盈的小伙子在欢送我们。我握着他的手问道:"小帅哥,你来这里工作几年了?"

　　"三年。"

　　"你是导游吗?"

　　"是的。"

　　于是,我将心中的疑虑竹筒倒豆子般和盘倒给了他。

　　小伙子以简洁的语言告诉我,任弼时父亲的结发妻子姓陈,婚后一年就因病去世了,没有留下子女。任弼时母亲姓朱,是续弦夫人。任父与原配陈氏感情甚笃,决计与陈家世代维持亲戚关系。他按照指腹为婚的旧习俗,与陈家约定:倘若朱氏生下男孩,就娶陈氏现年两岁的侄女陈琼英为妻。因此,陈琼英在十二岁那年便来到越来越拮据的任家当了童养媳,与任弼时父母住在一起,但与任弼时隔房而居。不久后,迫于生计她主动去长沙北门外的西园袜厂做了童工。幸得有她的接济与帮助,任弼时才完成了在长沙的学业。从苏联留学归国后,任弼时立即将陈琼英接到了革命队伍中正式完婚。陈琼英身材矮小,当时党内同志都亲切地称她"小麻雀"。

以往,我见到的革命年代讴歌文字一律是以坚决反对封建包办婚姻、热烈追求自由恋爱为基调的。而任弼时,一个坚定的无产阶级革命者、一个高品位的"海归"文化人,却忠贞不渝地爱恋着一个没文化的乡下小个子童养媳。此等颠覆正统的红色爱情故事,闻所未闻,在我心灵深处顿时掀起了巨大的波澜。

他接着介绍,陈琼英当初也是有过这等疑虑的。新婚之际,她直率地问任弼时:"你是一个追求新思想的青年,又是留学苏俄的'洋学生',怎么会遵从父母之命坚持封建的婚约呢?"可任弼时坚定地答道:"我们有共同的命运,共同的语言,共同的理想,共同的奋斗目标……"从此,陈琼英跟随任弼时走上了光辉的革命道路,并两次冒着生命危险从敌人手中救出了任弼时,奇迹般地完成了两万五千里长征。

小伙子最后说,眼前这座规模宏大的任弼时纪念馆,是国家为老一辈革命家修建的最后一批纪念馆之一,耄耋之年的陈琼英全程参与了筹建工作。在人生最后的时光里,卧病在床的陈琼英常说:"我一定要亲眼看到任弼时纪念馆竣工!"果然,纪念馆落成后不久,她便与世长辞了。

要是纪念馆迟一些竣工,或是将纪念馆建成的消息迟一些告诉百岁老人,我坚信,她一定会在这个火红的世上再待上一些时日。因为,那份生根开花结果在封建胚胎上的真挚爱情,无时无刻不温暖、激荡在她的心灵深处。

第三辑 真爱莫问来路

情醉浅水湾

　　香港南部的海岸线蜿蜒曲折,因而造就出星罗棋布的大小海滩。号称"天下第一湾"、誉为"东方夏威夷"的浅水湾,便是其中最为杰出的代表。

　　浅水湾海岸坡度平缓,滩床宽阔,细沙洁白;海面波平浪静,海水四季温暖宜人。导游介绍,夏令时节才是浅水湾最热闹的时候,那时将有更多的游客蜂拥而至,沙滩上是人头攒动,人声鼎沸。导游小伙子故作神秘之态,两只手比画着向我们吹嘘,让人大饱眼福的是,那各样式泳装与各种肤色泳客组成的一幅幅色彩斑斓的画面。可此时是深秋的上午,哪能见到他口中所描绘的养眼的美女和俊男隆起肱肌的踪影;唯见蓝天碧海,轻涛细浪拍打着海岸。

　　来到浅水湾东端的林荫下,走向散发着浓郁佛教色彩的镇海楼公园。古色古香的"千岁门",红墙绿瓦的镇海楼,朝我们扑面而来。步入园内,只见面海矗立着两尊高达十多米的"天后圣母"和"观音菩萨"塑像,人们说它能够保佑渔民、游客在海上四季平安。塑像旁边,则放置着海龙王、河伯、福禄寿等吉祥人物塑像,栩栩如生,憨态可掬。远观岸边,气势雄伟的七色慈航灯塔高高耸立。塔下,一茬又一茬的游客正在忙着留影,喜悦之情溢满偌大海滩。

　　浅水湾一带最令人称奇的是林林总总的豪华大厦。外观设计华丽的"拯溺总会"承袭传统的中国建筑风格,华美的巨龙蜷曲于屋顶,设计独特的花园可直接通到浅水湾海滩。张爱玲的《倾城之恋》中提及的建于一九二〇年的浅水湾酒店，在二十世纪六十至七十年代红极一时，八十年代拆卸掉重建，一九八九年重建启用后易名为影湾园。影湾园前庭再现了昔日浅水湾酒店的建筑风貌。它以匠心独运的建筑风格，流线型的外观设计，一举夺得国际建筑奖，从而跻身香港特色建筑行列。

浅水湾区内遍布充满异国情调的豪华住宅，其中包括香港巨商李嘉诚、包玉刚的豪华私宅。香港人当中流传着一句俗语，大意是：凡住在浅水湾的人，再穷也是腰缠千万元；而住在某某穷人区的人，再富也不过是养家糊口而已。由此可见，浅水湾在香港不仅以景色取胜，而且更以家财取胜。

这些依山傍水的或高或低，或大或小，或西或中，或黄或绿的建筑，与大海、沙滩一起构成了浅水湾独特的景观。

而沙滩的周围，早被那些精明的商家开设起酒家、茶座和超级市场了。导游说，茶座里临海的一面，是欣赏红日西沉、惊涛拍岸的极好去处。于是，我幻想起夕阳西下时的情形：霞光万道，布满天空；壮阔的海面上尽染一层橙红色，时有海鸥飞过；上下天光，一橙万里，浑然一体。未闻茶香，未见实景，想到这儿，悄悄地我就醉了。

绝美夜香港

香港归来已多日，但夜晚的香港带给我的三大绝美感受却深深烙印在心，彼情彼景时而浮现眼前，挥之不去。

一曰绝美的景色。置身香港的第一个晚上,一辆黄色旅游巴士载着我们朝港岛第一峰——太平山进发。沿着蜿蜒曲折的盘山公路缓缓而上,十几分钟光景就到达了海拔五百五十四米的观景台。走下车来,天际夜色尽收眼底,一个童话般的世界展露在我们面前,那真是灯光汇聚的海洋、色彩凝就的世界。游客们纷纷扶着栏杆如痴如醉地俯瞰着这如画美景。只见眼前的香港城幢幢大楼已化为灯光的平面、色彩的背景,那光面的形状,方形、圆形、穹形、三角形……应有尽有;色彩呢,白色的似珍珠晶莹剔透,红色的似玛瑙怒放异彩,蓝色的似宝石熠熠生辉,绿色的似翡翠风情万种,黄色的似琉璃金碧辉煌;而各类形状、各种色泽的光,彼此独立又相映成趣,蔚为壮观。我在心中油然感喟,此景名列世界十大夜景,实属当之无愧!

二曰绝美的心声。翌日晚,我们如期登上了“维多利亚号”观光渡轮,去游览举世闻名的维多利亚海港。层波漾起的海上,一艘艘游轮张灯结彩往来穿梭,与我们擦肩而过的船上不时送过来一阵阵欢声笑语。从太平山顶与建筑物制高点处相互对射的激光光束划破夜空,有节奏地旋转着,忽明忽灭,向人们昭示着高新科技的力与美;这时,优美的小夜曲也在周遭响起来了,如入仙境,如听仙乐。海风吹进船舱,隐约能嗅到大海特有的腥香味了,伸出舌头舔舔,分明还有咸咸的味道呢。品味斟酌之间,不觉就见到了神往已久的香港会展中心。那紫荆花广场早已被各色灯火映照得如同白昼,中央人民政府赠送给香港同胞的《永远盛开的紫荆花》雕塑,闪着金光矗立在广场中央,夜幕笼罩下的雕塑美轮美奂,显得格外耀眼。大家不约而同,竞相举起了摄像机、照相机拍下这人世间壮丽一景、留下这人生中美妙一瞬。无论是金发碧眼的美少女,还是黄皮肤黑眼睛的帅小伙,无论是操纯正普通话的老大爷、还是高声说外语的老太太,都露出一脸的喜悦,发出由衷的赞叹。来自美国的史密斯夫妇对我说:“这是人类对和平美好生活的共同向往与真诚讴歌!”

三日绝美的步履。游罢维多利亚港，回到位于旺角附近的宾馆后，我们依然沉浸在紫荆花点燃的激情之中，亢奋不已，毫无倦意。旺角是香港著名的购物和娱乐区。宾馆工作人员介绍说，那儿是当地人购物钟情的去处，尤其是电器既正宗又便宜。于是，大伙商议决定继续夜逛旺角大街，在购物的同时，再去会会夜晚的香港人。白天看够了香港大街上手拎公文包、行色匆匆的上班族，满以为晚上的他们应悠闲如逛街的我们。但从旺角街头蹀到巷尾，放眼望去，香港人除了服饰由白天以西装革履类为主变成了晚上以休闲装束类为主外，一个个仍风风火火，步履还是一样的匆匆。驻足沉思，我恍然大悟——原来，就是这永远匆匆的步履，日复一日，年复一年，才踩出了香江两岸的繁华与美丽。

妈祖精神润澳门

　　二〇一三年伊始，中央电视台先是八频道再是一频道倾情热播电视连续剧《妈祖》。凝望着荧屏上演员饰演的大善、大仁、大爱、大义、大美的渔家女林默娘，不久前游览过的澳门妈祖阁不时浮于眼前。

　　澳门妈祖阁是一处名扬中外的古迹胜地，始建于明弘治元年（一四八八），至今已有五百多年的历史了。其阁宇建在澳门东南面妈阁山的山坡上，依山傍海，地理位置十分优越，风光景色异常迷人。一对中国传统石狮忠诚地护卫在古色古香的大门口，门楣上镌刻着"妈祖阁"三个金光闪闪的楷体大字。阁内有大殿、石殿、弘仁殿、观音阁等四幢建

筑物,均是飞檐翘角,雕梁画栋。最让我感到奇异的应数那层层叠叠的宝塔,犬牙交错,摄人魂魄。而殿宇的四周却是另一番情趣——古木披绿,流光溢彩;竹影摇曳,婀娜多姿。

沿着阁中小径拾级而上,好一会儿工夫才登临最高处的弘仁殿。这是一座掘石窟而成的石殿,殿内壁上雕刻着一溜儿的神像,或独处或结伴,或静或动,各具情状,惟妙惟肖。在其中央坛上,突出地供奉着美丽慈祥的妈祖。此时此刻,妈祖座前早已香客云集,青烟缭绕,中外游客亦纷纷上前作揖。就在大家惊叹阁内游人之多、香火之盛时,导游却摇着头说:"这还不算呢!每年的春节和农历三月二十三妈祖诞期,那才是妈祖阁香火最为鼎盛之时。从除夕子夜、诞期凌晨开始,摩肩接踵的善男信女如约来此烧香祈福,那时的庙宇外才真的叫作人如潮涌,庙宇内才真的叫作水泄不通!"他自豪地补充道,在妈祖诞期前后,当地老百姓还会在阁前的空坪上搭起戏棚子,夜以继日地上演澳门传统的神苏戏呢。

妈祖,道教之海神,中国东南沿海和海外华人供奉的保护神,还有天妃、天后、天妃娘娘、天上圣母等称号。据宋朝文献史料记载,妈祖是福建莆田湄洲岛人。她的父亲名叫林惟愿,曾入朝为官,母亲姓王。妈祖是这个家庭中最小的孩子,上有五个姐姐、一个哥哥。

妈祖诞生在宋太祖建隆元年(九六〇)三月二十三日。传说她出生前的那个傍晚,一道流星化作一片红光从湄洲岛的西北天际疾速射来,光芒万丈,刺痛人眼,顿时把个海岛映照成了一片红彤彤的世界。"这个孩子能够降生在如此神奇的时刻,想必将来也不会是个等闲之辈吧!"林惟愿夫妇抑制不住内心的激动相互祝福。由于孩子出生至满月一直没有啼哭过,林惟愿便给她取名林默。奇上添奇,夫妇俩对这个小生命充满了疼爱,因而倍加呵护。

林默幼年极其聪颖,八岁入私塾启蒙读书时,便具有了过目成诵的能力。长大后,她乐于为他人排忧解难,专心致力于慈善公益事业。只要是乡里乡亲有需要,事情无论大小、难易,她都抢着去做。这样,日子一久,"有困难,找林默"就演变成了乡亲们的思维定式。那时候,在湄洲岛与大陆之间的海峡里,凡是遇到难处的渔舟、商船,常能及时得到林默的有效救助,因而人们传说她能"乘席渡海"。林默对天文气象钻研颇深,摸索出了一套独特的判断气象的方法与手段,一旦预测到天气将会发生重大变化,她就会上门一一告知船家,所以人们又传说她能"预知休咎事",尊称她为"神女"、"龙女"。

宋太宗雍熙四年(九八七)九月初九,年仅二十八岁的林默与世长辞了。湄洲岛上的乡亲们盛传,这一天,有人看见一朵巨大的莲花状彩云从湄峰山上冉冉升起,直上云霄,随即从空中传下来动人心弦的霓虹羽衣曲。此后,航海的人们又传说常见妈祖身披红衣飞翔在海上,对那些陷入困境者施以援手。因此,为了祈求航行平安顺利,人们就逐渐兴起了在航船上供奉妈祖神像的习俗。

关于妈祖神威的传说众多,澳门的妈祖传说亦毫不逊色。清朝乾隆初年的《澳门记略》一书载:"相传明万历时,闽贾巨船被飓,殆甚。俄见神女立于山侧,一舟遂安。立庙祀天妃,名其地为娘妈阁。娘妈者,闽语天妃也。"此说在妈祖阁里亦留有笔墨,即石殿中神态庄重的妈祖娘娘石像两边悬着的那副巨型楹联:"显迹湄洲山三十六天齐胜概,流芳东粤甸百千万载壮威光。"

这个故事在澳门民间口耳相传的版本更加神乎其神。话说明朝时期,有一个福建莆田人素来为人处世慷慨大方,后来经商发了财就更加的乐善好施,在莆田和澳门一带捐资办了不少的公益事业。有一次,正逢台风来临季节,可是他却有一批货物急需从莆田运往澳门。临开船时,来了位白发苍苍的老太婆请求搭个方便船同去澳门。出于安全考虑,他准备劝阻老人等台风过后再行前往,可是话还没说出口,老人就已经兀自稳坐在船上,摆出一副十万火急的样子,不容人劝说。他只好默许了老人的要求。

令他奇怪的是，虽然海面上惊涛阵阵，骇浪连连，可是船儿似有神力相助，一路乘风破浪，扬帆疾进，一夜之间就顺利到达了澳门妈祖阁所在的港口。更奇怪的是，靠岸后，老人笑容可掬地道了一声谢，步履蹒跚地缓缓上了岸。可上了岸的她却步履如飞，走到妈祖阁庙宇这个地方，一眨眼就不见了踪影。聪明的莆田商人心头一亮，激动万分，原来是妈祖娘娘在为自己保驾护航啊！于是，他带头捐巨资在妈祖隐身的地方建造起这座浩大的妈祖阁，以表达内心无限的感恩戴德，同时也为澳门人留下了一方祈求幸福、寄托精神、升华道德的圣地。

五百年里，妈祖阁受到了一代又一代澳门人的顶礼膜拜与虔诚守护，成了澳门人心中一座永不熄灭的灯塔，也成了现代澳门的标志和象征。近年来，澳门特区政府弘扬妈祖精神，将公民教育触角从个人居住环境层面延伸至与邻居和睦相处层面，"爱社区、爱澳门"的呐喊声一浪高过一浪，"睦邻友爱"、"守望相助"蔚然成风，给澳门梦插上了新时代的翅膀。曾经有人发问，昔日澳门长期在葡人的管治之下，为什么能够始终秉承中华传统文明而蜕变为一座中西文化并存的城市？今日澳门面对旅游业竞争日益激烈的情势，为什么能够强力吸引住海内外游客的目光而长期保持社会安定、经济长足发展？我想，妈祖阁功不可没，妈祖精神功不可没。因为，澳门旅游经济的长盛不衰，有赖于独具特色的澳门历史文化；澳门历史文化特色的形成，有赖于妈祖精神的潜移默化。

"德周化宇，泽润生民。"妈祖阁大门口的这副楹联，让我真切感受到了澳门人对妈祖扶危济世、除暴安良、大善无疆精神的渴望、认同与追求，也让我真切体会到了妈祖之所以流芳百世的缘由，那便是：真正以他人的幸福为幸福的人，必将受到后人永远的怀念与爱戴。

大三巴牌坊的前世今生

去澳门之前就已知道,大三巴牌坊是原澳门圣保罗教堂的前壁遗迹,位于大巴街附近的小山丘上,如今已成为这座历史名城的标志和象征,亦是外来者旅游观光的必选之地。圣保罗教堂建成于一六三七年,是当时东方最大的天主教堂,一八三五年初的一个黄昏,教堂不幸付之一炬,唯有前壁劫后余生。《澳门旅游指南》上称,是因为它的形状极似中国传统牌坊,所以取名为"大三巴牌坊"。

走向那座小山丘时,远远地见到数十级石阶之上高高矗立着一堵灰色残壁,它的确像极了遗存于乡野深巷的那些古牌坊,只是顶端多了一副巨大的十字架而已。近观牌坊,共有五层,其底层有三道门,当中正门的楣额上刻着葡文"天主圣母",左右对称的门楣上镌有耶稣基督字样。四十根组合而成的石柱把个牌坊分成了三个廊,气势雄伟,蔚为壮观。特别是铜鸽、圣婴、圣母、天使、鲜花等众多精美绝伦的艺术雕刻,将牌坊装饰得古朴典雅,真切地散发着浓郁的西方宗教气息,暖人心神。

导游小姐介绍说,大三巴牌坊虽然只是典型的意大利巴洛克式教堂的一面墙壁,但它十分巧妙地将欧洲文艺复兴时期的建筑风格与东方传统的建筑特色融为一体,吸取了东西方建筑文化艺术的精华,实乃中西文化合璧之瑰宝。

在实行殖民统治长达数百年之久的澳门,其规模最为宏大的天主教

第三辑 真爱莫问来路

099

堂前壁,我一直以为是纯粹的西方文化的产物。可在现场,只听得美女导游指点着具有东方建筑特色的部位侃侃而谈:"瞧,第三层的正中刻着一幅童贞圣母雕像,有两种花朵围绕着它,那分别是牡丹花和菊花,牡丹代表中国,菊花代表日本;边上用中文刻着'念死者无为罪'、'鬼怪诱人为恶'和'圣母踏龙头'等箴言、警句……"仰望牌坊,这些文字与周围的浮雕结合在一起,让人油然而生浑然天成之感。牌坊的第三、四层,左右两端均建有造型别致、姿态生动的中华民族传统的石狮雕像。她略显激动地娓娓道来,大三巴牌坊上的石狮形象,是当时澳门民俗的真实反映。十七世纪的澳门雕刻家正是因为受到了中国民间舞狮艺术的启发,才将那飞腾跃动的狮子形象搬上了煌煌天主教堂的前壁。凝视着石狮在牌坊两端遥相呼应、辉映成趣,我心潮澎湃,备感自豪,仿佛看到了中华五千年文明正放射出熠熠光彩。

然而,与石狮一起镌刻在牌坊上的中华民族晚清以来灾难深重的历史,却让我陷入了新一轮沉思——圣保罗教堂被焚后的一百七十多年来,中华民族饱受外族蹂躏,历经万般屈辱,举世罕见,是中国各族人民用血和泪写就了一部不屈不挠、顽强抗争的中国近代史。曾记得,鸦片战争前夕的一八三九年,一代民族英雄林则徐以钦差大臣的身份巡视澳门,驻足在大三巴牌坊前,体味着百年文明遭毁的剧痛,坚定了与列强战斗到底的信念与决心;一八九五年,伟大的革命先行者孙中山在第一次广州起义失败后,也徘徊在大三巴牌坊下,追怀着禁烟先驱的伟大胸襟与旷世风范,苦苦求索着救国救民的现实出路。巍巍大三巴牌坊啊,见证了澳门三百多年的沧海桑田,也见证了中华民族苦难悲壮的近代史,俨然一部发人深省的史书。

是金子总会发出耀眼的光芒。二○○五年七月十五日,在南非德班举行的第二十九届世界遗产委员会会议上,以大三巴牌坊为主要组成部分之一的澳门历史城区被列入了世界文化遗产名录。今日大三巴牌坊,不仅是澳门人民的骄傲,而且成为全中国人民的骄傲,成为全世界人民的骄傲。

澳门人不沾赌的睿智

走进澳门那斑斓多姿的海滨风光、闪耀着异域色彩的人文景观,时时让我惊叹,处处令我痴迷。但令我感触最深的是,澳门人虽身居世界级赌城却不思赌、不沾赌的那份超人睿智。

未去澳门之前,我一直以为澳门是遍地赌桌,动步见赌;澳门人对赌博是司空见惯、习以为常的;享受着赌博之雨露滋润的澳门人,对赌博最起码不会持排斥态度……否则,怎么会有那么多的人竞相涌向澳门赌场? 怎么会有那么多的赌徒能够在澳门的土地上昂首跨进赌场,又从容走出赌场?

傍晚时分,我去参观著名的老牌赌城——葡京大赌场。途中,我和导游徐女士聊起了澳门人与赌博的话题。她告诉我,开办赌场之初,确有许多澳门人去参与赌博,其中一些人慢慢发展到了热衷赌博甚至沉溺赌博的地步。但随着赌博给澳门带来了越来越多的社会矛盾和日益明显的消极影响,澳门人很快觉醒了。他们痛定思痛,自发喊出了必须在澳门人之中、合法赌场之外的地域全面抵制赌博的口号。于是,年复一年澳门便逐渐形成了社会各界同声谴责赌博之事、老少一致鄙视赌博之人的浓厚氛围。

第三辑
真爱莫问来路

　　"澳门地盘很小,土生土长的澳门人相互之间很多都很熟悉,街坊邻居更知根知底。"徐女士诙谐地说,"要是作为澳门人的你,这张熟脸哪天一不小心给人发现经常在赌场进出,澳门城就会迅速爆出你是个赌徒的传闻,那么,你便臭名昭著了。"故此,澳门人除了去赌场上班,平时是很少进赌场的;只是在过新年时或在特殊纪念日里,大家才会相邀着去赌场试试手气,说是赌博,其实已变成了笃信神秘文化的澳门人预测人生、卜知时运的一种方式。

　　步入灯火辉煌、人声鼎沸的赌场大厅,我将信将疑地转了几圈,果如徐女士所言,很少能够见到模样、穿着、口音疑似澳门人的赌客。

　　感慨着这个发现,我来到了金莲花回归广场。当我的视线落定在中央人民政府赠送给澳门同胞的"盛世莲花"巨型雕塑上时,"道学宗主"、北宋湖南同乡周敦颐的《爱莲说》一文中,那赞颂莲花"出淤泥而不染,濯清涟而不妖"的千古名句,一股脑儿跃上了我的脑际。我突发灵感,创造了灿烂文明的澳门人将莲花遴选为特别行政区区花,必定寓意深远,他们莫不是想借莲花的高洁品格和出世形象,来鞭策自己、警醒同胞身居赌城而不能染赌?

穿越百年时空

　　逗留长沙,文友欣然领我去游览与北京王府井、上海南京路一起荣膺首批"十大中国著名商业街"称号的黄兴路步行商业街。刚到街口,矗立在路中央的一组儿童进行打陀螺、滚铁环、跳房子等游戏活动的雕塑，便将我的注意力紧紧拽了过去。走近细看，原来这就是声名远扬的《老长沙》系列铜雕的第一组雕塑，名曰《童趣》。

《老长沙》系列铜雕共吸纳了《童趣》、《纳凉》、《卖臭豆腐》、《吃臭豆腐》、《打酱油》、《修鞋》、《抢刀磨剪》、《补锅》、《剃头挖耳》、《看西洋镜》等十组雕塑，生动地再现了从晚清穿越民国到新中国成立之初古城长沙的民风民俗与市井生活。雕塑家运用高超的写实手法将一个个草根人物塑造得栩栩如生，生活气息逼面扑来。若不是铜雕表面的色泽在日光下过于刺眼的话，还真会令人产生错觉，以为那都是一些真人呢。我全身心地沉浸在了《老长沙》所描绘的历史生活之中——忘乎所以地俯视那欢快转动的小小陀螺，小心翼翼地查看那眯着双眼的磨刀人用手指轻轻探试的刀锋，情不自禁地一屁股坐到了纳凉老头的竹床边、小吃摊桌旁的长条凳上。在煎炸臭豆腐的摊担前，我一边下意识地轻嗅空气中飘逸着的味道，一边为吃臭豆腐的壮汉久举筷子而迟不入口暗自着急。最让我担心的是那位正操勺挖耳的盘着长辫子的剃头师傅，生怕由于我的某一莽撞举动分散了他的注意力，从而一把捅破了那位顾客的耳膜……我仿佛听见了修鞋匠猛敲鞋帮的"梆梆"声，仿佛听见了补锅匠冷却铁水的"吱吱"声，仿佛听见了满街卖油翁与打油童、磨刀匠与家庭主妇、挑担者与邻家小妹之间叫卖与喊买的喧闹吆喝。渐渐地"不知今夕是何夕"，轻飘飘的我融化在了过去的时光里。

这些年，我曾经到过许多历史文化名城，可从来没有看见过如此匠心独运、具有历史与文化双重底蕴的系列雕塑。历史城市的股股文化新风迎面吹拂，文化城市的浓浓历史韵味洋溢眼前，我真切地感受到了长沙城从古至今强劲不息跳动的脉搏。和煦的阳光正当顶，街道两边的玻璃墙和古铜色的雕塑交相辉映着，发出来无比炫目的光芒，恍惚中作为生物意义的"我"已然湮没在了这本泛黄的线装书里。而此时超越物质的那一个"我"，却

好想好想在这本旧书的字里行间找寻到它那撩起人益然阅读兴致的奥妙。

据文友介绍,黄兴南路历经数百年的沧桑巨变,是长沙商业历史变迁的最好见证,也是长沙商业现实发展的一面旗帜。步行街北起黄兴南路的司门口,南到南门口,全长八百三十八米,其中还有个一万平方米的黄兴广场,是一处集购物、娱乐休闲、餐饮、文化旅游等多功能于一体的综合性场所。"别小看了这条步行街,它可是闹市区里的闹市区啊!"文友感慨地说。闻听此言,思索中放眼熙来攘往的街头,慢慢地我似乎读懂了长沙人在步行街建设《老长沙》系列铜雕的良苦用心——他们把昔日草根阶层的市井生活照实复制,用细节说话,让铜雕彰显长沙多姿多彩的历史本原;将铜雕不设防地安放于中心闹市区的步行街街头,出奇制胜,以此激起人们对古城百年生活的强烈怀想。我终于欣喜地找到了《老长沙》魅力与精髓之所在,那就是唤醒人们对历史生活的文化记忆,使现实与历史共舞,让文化与经济共荣。

骄杨故里行

那是一个格外明丽的日子,秋阳正暖人。我们湖南省第六期中青年作家研讨班的学员,在长沙一家旅行社的组织下,集体前往开慧乡去拜谒杨开慧烈士故居。

临行前,我满以为这将是一次消除遗憾之旅。多年以来,我曾无数次来到长沙,却因为种种原因没有去瞻仰过杨开慧烈士故居。因此,一直心存遗憾。

　　杨开慧烈士是我最为崇敬的革命先烈,是她的高尚情操和光辉事迹激励着我投身到党的怀抱中的。毛主席那首著名的《蝶恋花·答李淑一》,早在上小学时就已烂熟于心。毛主席回答章士钊先生为什么将杨开慧烈士称作"骄杨"时说的:"女子为革命而丧其元,焉得不骄?"与烈士在生命的最后关头大义凛然留下的那句:"我死不足惜,唯愿润之革命早日成功!"长久震撼着我的心灵,并渐渐融进了我的血液。

　　也是烈士与毛主席的爱情故事,让我对革命者有了全面的认识。面对反动派的威逼利诱,她斩钉截铁宣誓:"要我与毛泽东脱离关系,除非海枯石烂!"慷慨激昂地献出了年仅二十九岁的生命。它使我懂得了,革命者这样的爱情才叫作忠贞不渝、生死相许。后来,我又读到了青年毛泽东写给她的两首爱情诗。一首求爱诗《虞美人》:"堆来枕上愁何状?江海翻波浪。……一钩残月向西流,对此不抛眼泪也无由。"以及婚后第一次离别时,毛主席写给她的《贺新郎》:"……过眼滔滔云共雾,算人间知己吾和汝。……重比翼,和云翥。"充满了儿女情长和离愁别恨,既有对烈士坦荡胸襟的由衷赞美,也彰显了内心深处不可遏制的殷殷爱意。它使我懂得了,原来革命者也丝毫不缺少那滚烫在书本里的浓情挚爱。

　　一路上,我在心里幻想着,此行归来一定能够彻底消除自己心中的那份遗憾。

　　烈士故居是一座老式平房,黄泥饰墙,古朴大方,掩映在苍松翠柏丛中。前门悬有红匾,上书"杨开慧烈士故居",但当地人唤作"板仓屋场"。

　　在板仓屋场,随着导游慢慢前行,我为烈士及其一家的高风亮节和革命精神深深打动。一边听着那些闻所未闻的故事,我一边便将自己的目光动情地挥洒在了故居的一砖一瓦、一草一木上。投足放眼中,我隐隐体会到了消除遗憾的兴奋。

　　就在我沉浸于这种兴奋感之际,忽听得同学们在前面爆发出来一阵

第三辑 真爱莫问来路

105

阵长长的感叹声。大家是在品读杨开慧烈士的一份无题自传,当中叙述了她的恋爱经历:

"不料我也有这样的幸运,得到了一个爱人,我是十分的爱他,自从听到他许多的事,看见了他许多文章、日记,我就爱了他。不过,我没有希望过会同他结婚(因为我不要人家的被动爱,我虽然爱他,却决不表示……我早已决定独身一世的)。一直到他有许多信给我,表示他的爱意,我还不敢相信,我有这样的幸运。"

"自从我完全了解了他对我的真意,从此我有一个新意识,我觉得我为母亲而生之外,是为他而生的。我想象着,假如一天他死去了,我的母亲也不在了,我一定要跟着他死!假如他被人捉住去杀,我一定同他去共一个命运!"

字里行间洋溢着的是对纯洁爱情的向往,和对坚贞爱情的追求。自传中的那个"他",就是我们敬爱的毛主席。

导游介绍,大革命失败后,毛主席遵照党的"八七"会议指示去湘赣边界发动秋收起义,杨开慧烈士则带着孩子回到长沙板仓开展地下斗争。面对白色恐怖,在与上级组织失去联系的情况下,她仍然坚持斗争整整三年,直到被捕牺牲。因关山重阻,驿路不通,她与毛主席彼此断了音信。一九八〇年故居修缮时,人们在墙缝中发现了烈士一九二八年在家隐蔽居住时所写的多件手稿、信札。这份从六岁开始写起的自传就是其中一件。同时发现的,还有她作于一九二八年十月的一首《偶感》:"天阴起朔风,浓寒入肌骨。念兹远行人,平波突起伏。足疾是否痊,寒衣是否备?孤眠谁爱护,是否亦凄苦?书信不可通,欲问无人语。恨无双飞翮,飞去见兹人。兹人不得见,惆怅无已时。"诵读诗文,烈士对"兹人"毛泽东的思念之情跃然纸上。

多愁善感的同学们，无不为毛主席未能在有生之年，亲眼见到烈士这份写在人生劫难之时、惊天地泣鬼神的内心独白手稿以及这首饱蘸人间真情的诗词，而心翻波澜、深感遗憾。大家屈指一算，发现这些文字时，离毛主席逝世并不久远，只有短短的几年时间啊！

我默默地想呀想，如若毛主席当年目睹了这些手稿，那么，我们定然会读到更多的"我失骄杨君失柳"之类的诗句；"开慧之死，百身莫赎"，也一定会变成"千身 莫赎"、"万身莫赎"！我在心里一遍又一遍地暗自质问，故居修缮为什么就不能提前几年进行呢？

要离开了，坐在车上，回眸板仓屋场，我没有一星半点的消除了遗憾的轻快感，涌上心头的是一份更为沉重的遗憾。

第三辑 真爱莫问来路

春拥洞口城

洞口宗祠之美

有"天下宗祠"美称的湖南洞口县,境内保存着百十座古宗祠建筑群,结构完整,美轮美奂。一座座宗祠恰似一颗颗璀璨的明珠,镶嵌在湘西南的青山绿水间,但一直"养在深闺人未识"。近年来,随着十九座宗祠陆续列入国家级、省级文物保护单位,洞口宗祠之美才逐渐为世人所发现。

洞口宗祠的选址皆为刻意讲究,均为依山傍水而建。最让人叹为观止的应数萧氏宗祠,它位于县城城区西南平溪江中的伏龙洲上。洲头古木参天,祠堂华彩的身影倒映在清澈的流水中,一静一动,相得益彰,辉映成趣。

洞口宗祠分别采用石刻、木雕、泥塑、彩绘等各种形式,不拘一格,匠心独运。江潭王氏宗祠的木雕装饰,既有雕梁画栋的大气磅礴之作,也有玲珑剔透的微雕小品,尤以祖先堂内神主牌位门楼的"双龙抢宝"、"百鸟朝凤"、"八仙过海"、"狮象麒麟"等木雕造像为最佳,是湖南民间木雕艺术中不可多得的顶级精品。

这些宗祠群还以实物的形式记录了中国近现代革命的辉煌历史,弥足珍贵。一九三五年十二月,红二军团主力途经洞口,司令部和主力宿营地就设在伏龙洲萧氏宗祠。如今,在祠堂西面围墙上清晰可见"开展抗日反蒋的群众运动,红军为劳苦大众求解放"、"跟着贺龙闹革命,打倒土豪和劣绅"两幅红色标语。

曾国藩洞口题联

"中国楹联文化县"——洞口县,楹联文化底蕴深厚。该县现存结构完整的百余座古宗祠中就保留了大量的古楹联,尤以位于该县高沙镇北郊的曾八支祠为盛。

九月十八日,陪同台湾媒体采访团前往曾八支祠采访,祠内珍藏的清代中兴名臣曾国藩的一副题联格外引起了记者们的关注。该联曰:

　　　资水如带,凤岭如屏,四面尽环淑气;
　　　孝子在周,忠臣在汉,千秋无愧宗风。

上联生动地描写了祠堂周遭山环水绕的优美自然风光,近旁资江恰似一条迎风飘动的碧绿玉带,蜿蜒东去;远处雪峰山脉的凤形山恍如孔雀开屏,迷乱人眼。美妙绝伦的山川风物,使得此地显得灵气盘旋环绕,俨然一片仙府帝苑!下联则热情地赞颂了两位曾氏历史人物,"孝子在周"指的是周朝的曾子,"忠臣在汉"指的是汉朝的曾据。曾子(公元前五〇五—前四三二),即曾参,字子舆,春秋末年鲁国南武城(今山东嘉祥县)人。他十六岁时拜孔子为师,由于天资聪颖,勤奋好学,颇得孔子真传。《史记·曾参传》载:"孔子以为能通孝道,故授之业。"原来,孔子认为曾参不仅可以践行孝道,更能传承其"孝"的思想理念。后来曾参

第四辑　春拥洞口城

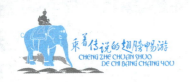

果然不负众望,把孔子关于"孝"的论述集中汇编为《孝经》。曾据,字恒仁,系曾参十五派孙,山东南武城人,官至都乡侯。初始元年(八),王莽称帝,改国号为"新"。曾据怒斥王莽大逆不道,坚决不与其同流合污。十年,他毅然引家挈族两千余人,全部迁往江南豫章郡庐陵吉阳乡(今江西吉安)。至此,山东武城几乎无曾氏后人居住。曾据后裔在江南繁衍兴盛,庐陵吉阳乡于是成为中国曾氏第二发脉地。因此,曾据被称为曾氏南迁之祖。曾氏历史人物众多,为什么曾国藩撰联独独选取他们两个呢?因为他俩早已被后世人视作"孝"和"忠"的化身,并逐渐演变成了"孝"和"忠"的代名词。

与此同时,曾国藩与其儿子曾纪泽、孙子曾广钧(当代书法家)分别书写的"春风沂水"、"一家仁让"、"同归于厚"三块巨匾高悬横梁,更让记者们产生了强烈的兴趣。他们说,曾氏祖孙三代同祠献艺,实属罕见,弥足珍贵。

春拥洞口城

雪峰山麓——红桃映面,洞口塘上——梨花带雨,平溪江畔——遍地新绿。春天,轻轻地而又紧紧地拥住了美丽的洞口城。

迎着和煦的春风站在洞口大桥往东看,躺在小城中央的回龙洲露出了冬日难得一见的轻松气度,洲上那些参天大树虽然一如昨天高昂着绿色的头颅,但,明显地,它们的脸上写满了脱尽羁绊的温馨与舒畅。而桥下，一脉活水朝穿越百年学府——洞口一中的渠道悠然进发，隐隐的，小小的，不很打眼，让人不禁回忆起古时隐者的风范；另一支大了若干倍的主脉流水则向着长长的拦河坝浩然挺进，义无反顾地滚落坝去，溅起一线又一线白浪，似银练，如飞雪，唱响一曲春天的颂歌。令人讶异的是，不远处的回龙洲大桥却纹丝不动，依然孤傲地横卧江上，一副事不关己、高高挂起的模样。只有刺入天穹的清代文昌塔默默地、全神贯注地凝视着满城的春色与人流，守护着历史的沧桑。大大出乎观者的意料，塔顶上的那棵暮气沉沉的百岁老树，今天也赶趟儿似地披上了翠绿的新装，让人不觉读出来几分枯木逢春、返老还童的气韵与意境。

朝西看呢，远处那座闪烁着红军血色光芒的伏龙洲上，古色古香的萧氏宗祠仍似往日一样稳稳地乘驾着古老的土制船舰，其实却不同，它的身上绽放出来轻松与喜悦。而近处，一江春水，平和温馨，静静的、清清的，与船形的伏龙洲、黛色的雪峰山、两岸风格迥异的临水建筑构就一幅曼妙的多色调的江上风光。低头看时，一叶扁舟自桥下翩然划出，披蓑衣戴斗笠的打鱼人唯剩潇洒的动作，那撒开的渔网在水面荡开来涟漪圈圈。你自会生发感叹，春天的平溪江啊，淑女般的美，处子般的柔。

假日里，踏青的人们成串成线，他们携家带眷纷纷来往回龙洲。老人们背着手，兀自踱步。儿童们在沙地上疯跑、嬉戏。姑娘们的花伞在绿色的世界里撒起一天彩色的蘑菇云，格外地耀眼。而空气中自由流动飘荡的声音是洞口方言，软软的、滑滑的，温暖着外地来客的行程，连线着洞口人的心灵。啼鸣的鸟儿，绝对是只闻其声，难见其影的。若能在浓荫里瞥见三两只或飞翔或伫立的小鸟，那么，请君相信我，接下来的日子里你定会成为天地万物百般宠爱的骄子，心想事成、吉祥如意、一帆风顺之类词语的光辉将会洒遍你的身与心。

春雨骤来。雪峰山更绿了，回龙洲更翠了，洞口城的春色更浓了。下雨天，留客天。外地人自会愉快地在这座雪峰小城停下匆匆的步履，小憩

113

个三五日。本地人则会自觉不自觉地撑一把花伞,去洞口大桥看画中的水,去回龙洲看林间的雾,去朋友家看心上的人。

春天拥住的洞口城,就这样美在我的心里,很多很多年了。

彩石峡谷行

久闻洞口县罗溪国家级森林公园有个美丽的彩石峡谷,长达二十四点五公里,核心景区有七公里,在湖南省独一无二,在全中国亦独具特色。沐浴着雪峰山的秋日朝阳,我们慕名前往游览。

翻山越岭进入森林公园,但见峰峦耸翠,林壑幽深,岭谷交错,泉奔瀑飞,美不胜收。特别是那石壁植物犹如盆景,宛若国画,格外赏心悦目。同行的公园领导告诉我们,由于公园内地形垂直起伏变化大,峡谷大多人迹罕至,地形效应明显,形成了多样化的动植物生境。其丰富的植被类型、茂密的森林植被、参天的古老树木、众多的珍稀濒危物种、网织的藤萝、交汇的植物区系等特点,在亚热带地区已十分罕见。二十世纪八十年代,联合国教科文组织通过卫星发现,湘西南有一块没有被污染的"天然绿洲",这里便是其一个重要的组成部分。

很快到达了目的地——彩石峡谷。一条湍急的河流率先撞进了我们的眼帘,这就是沅水的一级支流公溪河。激流处,白浪飞溅;缓流处,清澈见底。水绕山行,人随弯转,一条彩石铺就的"长廊"应声从天而降。我们虽然早已有了些心理准备,但仍然感到了空前强烈的心灵震撼。

这是怎样的一幅图景啊！万千彩石集结于偌大的峡谷之中，似乎正展露迷人的笑容、张开热情的双臂列队欢迎我们的到来。驻足俯视，只见岸边沙滩上一个个彩石在阳光下尽情地散发着自己本色的光芒，光影律动中潺潺流水也快乐地披上了花衣裳。一时间，整个峡谷呈现出一派既汪洋恣肆又和谐相处的绝世奇观。

定睛细看，流水中傲然屹立的彩石形状不一，仪态万方，尤为引人注目。它们或大或小，大的当用车载，小的状如鱼篓；有圆有缺，圆者线条流畅、酷似鹅蛋，缺者奇形怪状、五花八门；亦庄亦谐，有笑意盈盈的，也有表情淡淡的；意象动静相映，动者轮廓飘逸，静者图案收敛；有群居的，三五者聚首相拥，也有独处的，兀自仰天长啸……公园人自豪地说，如今这些彩石已是无价之宝。曾有人暗地里想以高价雇工搬走河中那块最大的古铜色巨石，寻遍瑶汉群众无人相助。

环顾对峙的两岸高山，满布着珍贵的阔叶林，林相瑰丽奇美。秋阳下，我惊喜地获得了新的发现——那曼舞的树叶竟然也是一样的色彩纷披，红色的枫类阔叶林、黄色的檫木林、金色的水杉林……数十珍稀树种颜色各异的树叶，凸显着原始次生林的富饶和神奇，与急流、飞瀑、彩石、碧空交相辉映，构就了一个梦幻般的童话世界。

啊，秋天的瑶乡峡谷，山下彩石流光、山上树叶溢彩，浑然一个五色斑斓的海洋。我突发奇想，彩石峡谷不妨改名"彩色峡谷"，这样会更贴切一些的。因为，不独石头颜色美，峡谷又何处不是春呢？

时已正午，太阳挂到了峡谷上方，日光透过林冠照在水面又折射到林立的石壁上，从而绽放出一圈圈金灿灿的光波来。久久地凝望这奇光异彩，不知不觉之中，我醉了，深深地醉了。

谒江口抗战纪念塔

蒙蒙细雨中,我们高举着写有"洞口县新闻文艺界抗战遗址现场行"的红旗,来到了最后一站——地处湘西南洞口、绥宁、洪江、溆浦四县市交界之地的洞口县江口镇。稍事休息,一行人便朝着320国道旁的丛山坳进发。那坳上立有一座闻名遐迩的抗战烈士纪念塔,远远望去,高耸云天,蔚为壮观。

江口,镶嵌在雪峰山腹地的一颗明珠,群峰对峙,连绵不绝,形成了独具风情的峡谷自然景观。清悠悠的资江二级支流——平溪江从谷底蜿蜒东去,湘黔公路沿江盘山穿境而过。因为地势异常险要,这里历来是兵家必争之地,自古被誉为"雪峰天险、江口咽喉"。六十多年前,果真就有一场惨烈无比的阻击战在这里打响。

一九四五年四月九日,侵华日军以占领芷江机场为目标的"芷江攻略战"与中国军队全力保卫芷江机场的侵华日军"芷江保卫战",在雪峰山区同时拉开序幕,史称"湘西会战"。四月底,日军一一六师团推进到江口一带。五月八日,驻防江口正面的第四方面军七十四军五十七师抓住战机,向日寇发起全面进攻。一时间,"飞虎队"在空中长啸,重炮在地面呐喊,震耳欲聋的巨响在山谷间久久回荡。激战七昼夜,歼敌大半,我方终于赢得了江口之战的完全胜利。国内各大报刊连续数日对此役进行了大篇幅报道。

江口之战彻底粉碎了日寇"芷江攻略战"的如意算盘,成为"芷江保卫战"的收官之战。从此,江口山镇永远载入了中华民族的光辉史册。一九四六年春,政府在江口十字街口为阵亡将士建墓树碑立塔,各界人士分别题词以作纪念。

　　登上凤形山半山腰,就到了庄严肃穆的纪念塔平台。"陆军第七十四军湘西会战阵亡将士纪念塔"的碑名跃入眼帘,我们争先恐后涌向塔前。塔高约有八米,底座前镌"永垂不朽",后刻"浩气长存",均为当时原物。镌刻所用石料,全是采自雪峰山的优质青石板材,绿光莹莹,浑厚凝重。

　　平台不大,大约有百十平方米,四围苍松守护,翠柏簇拥。平台的上方坡地筑有一穹形大土墓,极似一昂首待战的雄狮,撼人心魂。县抗战研究人员介绍,这里是当年鏖战的一个主阵地,数百名烈士的忠骨就地安葬于此。

　　我开始审视起平台上的一草一木,一砖一石。塔基旁一块茶盘般大小的墓碑吸引住了我的目光,碑上文字明明白白告诉我,来自湖南湘乡的十九岁准尉刘子梅牺牲在了这场伟大的爱国战争中。"十九岁、准尉",多么让人痛心惋惜的字眼啊!

　　湘西会战是一场中国军民反对日本法西斯的爱国战争,日本侵略者从这里走上了历史的审判台。在雪峰前线奋勇杀敌的将士,自然是爱国英雄。而同仇敌忾、踊跃支前的江口群众,同样也是爱国英雄。镇政府领导回忆着,是年四月三十日,以地下共产党员肖健皆任总指挥的江口抗日自卫队勇敢地率先跟日寇接火,他们以麻雀战术四处袭扰敌人,与进犯江口正面的三千余日军周旋了三天三夜,歼敌百余人。不仅沉重打击了日军的嚣张气焰,更重要的是为驻军赢得了充裕的战前准备时间。五月二日,自卫队抓住了日军派来的探子,将计就计,将日军先头部队引进了驻军的伏击阵地——仙山界。这一仗击毙日军六百多人,非常之干净利落。因而,当地人每年清明来到塔下扫墓,对抗日自卫队的英烈们一并祭奠。

仰望巍巍塔碑，湖南当代老诗人于沙的三行诗《江口》不禁涌上心头：

　　　"山，壁立抗日将士的群像；
　　　水，跳荡抗日民众的歌唱；
　　　江口，一部正义之师血写的辉煌！"

辉煌于史固然可贵，但为此付出的生命代价实在是太大太大了。

中国人民素以善良为美德，就连对待伤害过自己的敌人也是如此。人们告诉我，中日建交以后，当年入侵日军的部分幸存者以及阵亡者的亲属，组队来到江口，饱受战争之痛的当地群众却以博大的胸襟面对他们，允许其自由地祭奠亡灵。这是怎样令人感动的一幕呀！

当年的硝烟早已散尽，可爱国的情怀始终萦绕在这片英雄的土地上。在那个特定的年代，纪念塔被毁于一旦，但人们不惜冒着危险，以各种不同的方式尽力保护着纪念塔的珍贵物件，才使塔碑保存至今。一九八五年，一切条件具备，江口各界人士便集资重修纪念塔。

县抗战研究人员还兴奋地告诉我们，有关方面准备就江口战役出本回忆录，几位旅居海外的老兵闻知此事，竟然寄来了一丝不苟的手稿。我知道，当年在此与烈士们并肩浴血御敌的战友，有的在新中国诞生前夕去了他乡。时至今日，耄耋之年的他们何尝不想在有生之年重返故地，向长眠于此的战友鞠上最后一躬。

山风轻拂，苍松低语，人们无不面容庄重，绕塔瞻仰。我伫立塔前，把对英烈们的怀念深深铭刻在了心底。

蔡锷公馆：千秋肝胆一墙情

　　蔡锷，一个不朽的名字，我国近代著名的民主革命家和杰出的军事家，推翻封建帝制，功勋卓著，史称"再造共和第一人"。一九一六年十一月八日，三十四岁的他不幸病逝于日本。

　　蔡锷公馆，一座念想的建筑，位于湖南洞口县山门镇松坡街，我国现存规模最大的蔡锷将军纪念地，全国重点文物保护单位。将军在公馆度过了既清贫又快乐的童年和少年时代，与夫人刘侠贞演绎了从父母之命到妹替姐嫁的喜剧婚姻。

　　踏着松坡街泛着青色光亮的石板路，在清脆足音的伴奏中，一座中西合璧的古建筑扑入眼来——青砖建造的门楼，饰工笔彩绘，设三开大门，门上方以楷书浮塑"蔡锷公馆"，正中大门以楷书阴刻"修文演武双能手，护国倒袁一伟人"。是啊，"中国士官三杰"殊荣、云南重九起义、护国战争，人们怎能不敬佩将军的军事奇才？其实，将军的文采亦出类拔萃，十三岁时，与湖南学政江标在邵阳考场即时应对联语，传为百年美谈；二十岁撰写《军国民篇》，震动中华朝野，日本连印七版，青年争相传阅；赴日治病时留下的《告别蜀中父老文》，荡气回肠，令人读之无不潸然泪下，一再收入教材……这副门联，真是将军短暂而伟大一生的生动注解。

　　工作人员介绍，公馆原为武安宫，始建于清康熙年间。将军五岁时，蔡家迁居馆内，做起了酿米酒、打豆腐、送货郎担的艰苦营生。将军英年

早逝,家乡各界人士悲痛万分,自发筹集巨资于一九一七年将其改建为蔡锷公馆。整座建筑坐东朝西,砖木结构,占地一千三百多平方米,前后三进,为一全封闭式整体四合院,中轴线上依次设立大门、戏台、正殿和后殿。

跨入馆内,抬眼就是戏楼,它比以前见过的古祠堂戏台显得要大。戏台立柱和石雕均为方形,正面重檐之间饰"福、禄、寿"三星塑像,工艺精湛,栩栩如生。戏台与正殿之间是一个宽阔的平台,两旁是厢房及附属建筑,复原陈列着当年蔡家生产、生活场所实物。那蒸酒、做豆腐的一应工具,那雪峰农家的简陋家什,那蓝底白花的粗布床品……虽是复制,却依然散发着强烈的历史和生活气息,牵引着我们逐一端详。人们说,蔡家贫寒,以勤劳淳朴安身立命,因而中华民族的传统美德才能在将军身上得以弘扬升华。斯人已逝,风范长存!驻足天井,聆听那些家喻户晓、代代相传的将军传奇故事,凝望大厅横梁上那"护国军神"的醒目巨匾,思索中仰观方正蓝天、俯察方正青石,无比崇敬和怀念之情油然而生。

缓缓移步,来到正殿。厅中央设有蔡锷将军高大立姿铜像——戎装佩剑,英姿飒爽,目光如炬。铜像上方悬有"再造共和"、"千秋凛然"、"功昭日月"三块横匾。两侧的立柱上挂着几副楹联,前有卧病在床的孙中山先生获悉将军病逝噩耗而痛撰的"平生慷慨班都护,万里间关马伏波"。在先生眼里,将军堪比东汉的民族大英雄班超、马援。后有一九一三年黄兴先生亲笔写给将军的"寄字远从千里外,论交深在十年前"。两位伟人早年同时留学日本,为争取民族独立携手奔走在异国。一九〇七年,他们将生死置之度外,共同秘密筹划镇南关起义。将军的绝笔也是祭奠黄兴先生的挽联:"以勇健开国,而宁静持身,贯彻实行,是能创作一生者;曾送我海上,忽哭公天涯,惊起挥泪,难为卧病九州人。""而今国土尽书生,肩荷乾坤祖宋臣;流血救民吾辈事,千秋肝胆自轮囷。"将军十八岁时就坚定了以身许国的鸿鹄之志。可是随着蔡锷研究的广泛兴起,有人却对将军"为四万万人争人格"、功成身退的高尚品德与敢打善拼、以少胜多的卓越战功产生了异议。置身蔡锷公馆,面对这些匾额、楹联,细品领导辛亥革命的"双元领袖"、"孙黄"与将军之间的真挚情感、全国民众对将军的衷心爱戴,我想,应该能够廓清人们心头的迷雾。

离别之际,我们不约而同转身低吟起门口那副十四个字的楹联。

鞠躬在蔡锷父母墓前

这里是雪峰山腹地,层峦叠嶂,绵延不绝,满目葱绿之色;这里是蔡锷将军故里,新楼林立,热气腾腾,满耳林涛之声。

当我来到这座雪峰小镇,置身在以将军之字命名的古巷口,准备走向那个以将军之名命名的古老公馆时,内心里除了兴奋还是兴奋。因为实地踏访一代伟人的成长之路,是我长久以来的一桩愿望。

蔡锷公馆位于湘西南洞口县山门镇松坡街与回龙街交汇处,原为武安宫,始建于清康熙年间。一九一六年十一月,蔡锷由于戎马倥偬中无暇就医,病重而逝,家乡人民悲恸万分,便在将军幼时启蒙私塾建立松坡学校,将其生活过的小巷命名为松坡街。翌年,各界人士又筹集巨资,将蔡家住过的武安宫改建为蔡锷公馆,以示永久纪念。如今,该公馆成了我国现存规模最大的蔡锷将军纪念地,也是全国重点文物保护单位。

将军在这里度过了富有传奇色彩的童年和少年时代。穿行在古色古香的松坡街,我试图在青石板铺就的路上找寻将军儿时的足迹,耳旁蓦然

第四辑 春拥洞口城

响起一少年的清脆声音："禀先生，山上正起高楼，屋檐竖龙头。"我知道，这是年幼的将军既调皮又认真地在回答私塾先生的问话。想起这些传说，一个乡间可爱男孩果真就在街的那头跃动着、高喊着，转身向纵深处奔去。将军壮志虽有所酬，民主共和的旗帜得以再度飘扬在神州大地，但英年早逝，常使后人叹惋不已。三十四岁的英武青年，倘若上天能再多给他一点人间时光，那么，他将要为黎民百姓再办下多少利在当前、功在千秋的大事业啊！

将军归葬岳麓山，而他的父母亲就葬在距公馆不远的该镇金鸡田村蔡家山蛇形地。人们说，那里是一块难得的风水宝地。我禁不住动了前往瞻仰的心思。

远远地朝蔡锷父母墓地望去，恰似一条长长的蟒蛇抬头注视着前方的村庄，静静地匍匐在田垄间。天朗气清，风轻云淡，山绿水白，草长莺飞，一种灵动飘逸的感觉油然而生。墓地为蔡家墓群，葬有将军祖母、父母及其伯父、姑父，全是长方形封土堆，保存完好。令我感到大吃一惊的是，这里竟然与当地常见墓地毫无二致，根本没有先前想象中的气派壮观。蔡锷父母墓为两冢并排，上刻"蔡公正陵之墓"、"蔡母王氏之墓"，两墓之间相距很近，墓前有一九二〇年仲夏立的很不起眼的石碑，落款为"男：蔡炼、蔡锷、蔡仲，孙：永宁、端生、庄生敬立"。将军父亲于一九〇一年逝世，母亲于一九三五年去世，在我看来，他们完全有足够的理由与条件去建造一座别具一格的豪华墓冢。但蔡家一直保持了普通农家简朴低调的行事风格，这莫不就是我们探寻的为什么蔡家能够培养出一代伟人的原因之一呢？我暗自思忖。

久久地伫立在将军父母墓前，崇敬之情早已占据了我的整个身心。我想，伟人当然可敬，但培育伟人的那些默默无闻的人们，同样应该受到世人的怀念。离开时，我不由自主地站成标准的立正状，然后深深地弯下身子和头颅——一鞠躬、二鞠躬、三鞠躬。

乘着传说的翅膀畅游

　　"龙头三吊"是罗溪峡谷中由三个相连的梯级瀑布所组成的瀑布群，"吊"是当地土话，即瀑布的意思。这个瀑布群雄伟壮观，景色奇特，引人入胜，成为森林公园里不可多得的一颗璀璨明珠。

　　大凡瑰丽山水总会孕育着迷人的传说，"龙头三吊"自然也不例外。

　　担任导游的瑶妹子娓娓道来，相传在远古时代，罗溪瑶乡突遭大旱，泉眼干涸，田土龟裂，树木庄稼一片枯萎，"万户萧疏鬼唱歌"。以慈悲为怀、普度众生的观音菩萨获知此事，便力促玉皇大帝派遣龙王前往降雨救灾。正准备找个地方施行蜕皮的中海龙王得令，立即收拾行装飞奔罗溪布施甘霖。刹那间，只见罗溪上空电闪雷鸣，大雨应声而下，连日不止。山清水秀、泉奔瀑飞、鸟语花香的罗溪重新回到了人间。大功告成的龙王便满心愉悦地在这里蜕了皮，静静地躺在雪峰山的怀抱里，享受着人世间罕见的美山美水以及高密度的负氧离子。而老龙王蜕下的躯壳就在村边形成了一座龙形山峦，那高耸的龙头格外的醒目。因此，后人就将这里命名为龙头村。

　　老龙王育有三个宝贝女儿，都是冰雪聪明，美丽无比。她们从小就对父亲孝顺有加，闻知父王在罗溪蜕皮休养，一个个自龙宫飞过来陪伴在他老人家的身旁。

　　有一天，她们相伴着来到村边的罗溪峡谷中游玩，欣喜地发现了隐藏

于此的"龙头三吊"。从此,她们天天来到溪流中的瀑潭嬉戏。小孩子嘛,玩着玩着就要划分各自的领地了。三个姐妹正好有三个瀑布——大公主不愧是大姐,风格高,自甘居于最下端的瀑布,以尽保护妹妹们的职责;老二也自觉向大姐看齐,就选择了最上面的瀑布;两位姐姐敞开温暖的胸怀,将年幼的小妹呵护在中间,小妹更加有恃无恐,疯了似的玩去。沐浴时,三姐妹将洁白无瑕的纱巾悬挂在刀削斧劈般的崖壁上。山风刮过,纱巾随之飘来荡去,与周遭景物合力演绎出了一道交替变换的风景,动感十足。

经过二十多分钟的跋涉,我们首先见识了"龙头三吊"第三级瀑布的真实面目——落差在六十米以上,吼声如雷,大气磅礴。

瑶妹子继续讲述:三姐妹不但天生丽质,而且能歌善舞。有一次,八仙云游到罗溪上空,忽听得有美妙歌声自地面直冲云霄。真的是,此曲只应天上有,人间哪得几回闻!众仙连忙按下云头仔细端详。不看不知道,一看吓一跳。不但龙女们的歌声悠扬,舞姿曼妙,而且罗溪的山山水水更让他们惊叹。于是,他们就降下祥云,落脚峡谷,携手在瀑潭边戏水听风,促膝在巨石顶饮酒望月,一时间其乐融融,乐不思蜀。对面那些个山洞就是他们留下来的临时居所。因此,这里就得名八仙洞瀑布。

路随山转,人随路行。不一会儿,第二级瀑布呈现在了眼前。"现在你看到的这个瀑布叫作观音瀑布,比起八仙洞瀑布要小得多,只有三十米落差。因为三公主还只是个小孩子,因此,她的纱巾也只有大姐的一半长。"

"大家看!水势汹涌,泉涌浪奔,清澈透底,明净靓丽。特别是五至六月份的丰水季节,水流更加湍急,瀑浪成渔网状四散飞溅。这就是三公主活泼、好玩性格的生动体现。"瑶妹子指着悬崖旁立着的一块人形巨石说,"观音菩萨也特别喜爱这个调皮的小宝贝,时不时来瞧瞧她。不信,你看观音现在就站在那里!"

"观音的对面还有一位虎神呢！"话说为保护这三个可爱的公主,也为了保护这美妙绝伦的人间仙境,玉帝又派来了一位虎神,昼夜守卫在这里。随着岁月的流逝,虎神渐渐地就化身矗立于山巅的"虎啸岩"。如今,虎神成了瑶山的守护神,"虎啸岩"受到了瑶寨群众的顶礼膜拜。

　　经过一个多小时的跋涉,我们终于看到了"龙头三吊"之首——龙头瀑布。这个瀑布落差约有五十多米。

　　"居于老二,自然要比老大的纱巾短一点,但比年幼的小妹却要长得多啦。"瑶妹子摇晃着脑袋,"二公主性情温和,艺术气质尤为突出。你看！在龙头瀑布的下方有两个双胞胎似的瀑潭,每当丽日当空,缕缕阳光射入潭底,碧绿的潭水于是充盈着灵性,紫气氤氲,五彩斑斓,分外妖娆。而且,这里的负氧离子含量极高,空气格外清新,尤其是夏季来此,凉风习习,水汽阵阵,令人神清气爽。"

　　上得峡谷顶端,只见一块难得的山间平地横空出世——"屋舍俨然,有良田美池桑竹之属。阡陌交通,鸡犬相闻。"那里还新建起了龙头村村级活动中心。往右边眺望,果然有一座酷似龙头形状的山峰岿然屹立着,神情淡定,仙韵悠扬,众人无不啧啧称奇。

第四辑 春拥洞口城